二見文庫

人妻の別荘

霧原一輝

目次

人妻の別荘

第一章　無人の別荘

1

（しかし、困ったな……どうすりゃ、いいんだ）

旧軽井沢の森のなかにひっそりと横たわる瓢簞《ひょうたん》形の池を眺めながら、吉崎《よしざき》竜星《りゅうせい》は人知れず溜息をついた。

最後の贅沢として、昨夜は軽井沢のホテルに泊まった。なけなしの金をはたいたので、財布の中身は万札が一枚と小銭だけだ。もちろん、貯金通帳の残高はゼロ。

すでに十一月も半ばを過ぎ、おそらく一部は凍結しているだろう一般道をバイクで東京に戻るのは危険であり、高速料金は残しておかなければいけない。

いや、東京に戻っても仕方がない。住むところもないのだから。

つい先日、家賃滞納で住んでいたアパートを追い出されていた。泊めてくれるような友人もいない。

格安ホテルかペンションなら、一万円以下でも泊まれるだろう。

（もう一泊して、あとは、野となれ山となれだな）

竜星は駐車場に停めてあったホンダの２５０ｃｃにまたがって、森のなかの舗装された道を走る。

軽井沢の十一月は平均気温が摂氏五度で、夜には零下に達する。日陰の路面はまだ凍結していて、そこを避けながら、あてもなくバイクを転がした。

道の両側にせまる林――。どんよりとした鈍色《にびいろ》の空に向かって赤松や唐松が聳《そび》え立ち、高級な別荘が競うように建ち並んでいる。

（俺には無縁の世界だよな）

竜星が初めて軽井沢にやってきたのが、大学生のときだった。今は二十七歳だから、七年ほど前のことだ。大学の友人に誘われて、ペンションに二泊した。

時代に取り残されたようなどうってことのない避暑地だと思った。

しかし、売りに出されている旧くなった小さな別荘などはかなり価格が低く、このくらいなら、将来偉くなったときに二人で金を出し合えば買えるんじゃないか、と将来の夢を語り合った記憶がある。

だが、それは夢でしかなかった。

竜星は大手企業への就職に失敗し、妥協して入った小さな下請け会社にも馴染めず、すぐに辞めてしまった。その後、健康食品の営業、錠前屋などの職を転々としたものの、これという手応えを感じる職場に出会えず、半年前に会社を辞めてから、引き籠もりの状態になった。

働かないのだから金もなく、ついに部屋を追い出されたのだった。

残ったのはこのバイクと、今、背負っているリュックに詰まっている必要最小限の生活用品だけ。

将来へとつづく道も、道しるべとなる光もまったく見えない。

舗装された細い道を走っていくと、林の向こうに丘陵地があって、その斜面に旧い落ち着いた平屋の別荘が建っているのがちらりと見えた。

灰色の壁と黒のスレート拭きの屋根が、ほとんど葉を落とした木々の間にかいま見えている。

（へえ、まさに隠れ家的別荘だな……）

その下を通り過ぎたところで、何かが閃《ひらめ》いた。

(隠れ家的……？　そうか……)


竜星は広い道路に出たところで、ホンダをUターンさせて、来た道を戻る。

留守の別荘をねぐら代わりに使うという考えが頭をよぎったのだ。

基本的にここは避暑地であり、夏ならいざ知らず、この時期に別荘を訪れる者は少ない。長く滞在するのは難しいが、一日二日だったら、何とかなるのではないか？


立派な家宅不法侵入罪だが、何か危険な冒険をしてみたいという、どこか破れかぶれの気持ちが竜星にはあった。

その別荘の前で停まり、もう一度見あげて、確かめた。

表通りからは離れているし、周囲と溶け込んでいた。周りに別荘がなく、ぽつんと離れて建っているのが、もってこいの物件に思えた。

二台分のスペースがある屋根つきの駐車場には車の姿はない。

(ということは、今、誰もいないってことだな)

竜星はバイクを駐車場から離れた人目につかない物陰に停めて、リュックを背負い、斜面を慎重にあがっていく。

傾斜地に建物を下から支える形で、高さの違う柱が立っている。平屋で全体に築年数が経っていく感じだが、玄関にあがっていく階段は手摺りなども白く塗られ、外壁もきれいで充分にリフォームがなされていることはわかる。

周囲をまわってみたものの、やはり、人のいる気配はない。

出入り口は玄関だけで、裏口はない。防犯カメラも見当たらない。どこかのホームセキュリティ会社と契約している様子も見られない。

電気のメーターがゆっくりとまわっているところを見ると、電気は来ているようだ。ネームプレートはなかった。

（ここなら、イケるかもしれない）

人影がないのを確認して、玄関の前にしゃがんだ。

キーは防犯性が高いと言われているディンプルキー。

だが、竜星はかつて二年間、鍵のトラブルを解決する会社で錠前屋をやっていた。この程度の鍵を開けるのはさほど難しいことではない。

幸い、玄関は道路側から見えない角度にあるから、まず見つかる恐れはない。

リュックの底から開錠器具を取り出して、道具を鍵穴に突っ込んで操作をする。

会社を辞める前にひそかに持ち出したもので、長い間押入れの奥にしまってあったものを、リュックに忍ばせて持ってきていた。

ブランクがあったせいで少し手こずったが、何とか開いた。カシャッと音がして、ノブをまわしながら引くと、玄関ドアは外側に開いた。

雨戸が閉めきられているので、室内は暗い。

長い間密閉されていた家特有の黴《かび》臭い、どんよりとした空気が押し寄せてくる。

「お邪魔しまーす」

一応、挨拶しながら玄関のスイッチを入れると、廊下の明かりが点いた。

廊下は壁紙も新しく、メンテナンスが行き届いていた。

玄関で靴を脱ぎ、家にあがり込み、ほんとうに人気《ひとけ》がないかを確かめながら、明かりを点けていく。

入って左手に広いリビングがあり、いくつかの和室と洋間がある。家具は多くはないが、部屋は整理整頓されていて、持ち主のきちんとした性格がうかがえた。

他の部屋の明かりを消して、リビングに足を踏み入れた。

グレーの絨毯が敷き詰められた十畳ほどの、ダイニングと繋がったリビングにはシャンデリア風照明が吊られ、ソファ、テーブル、大画面のテレビ、猫足のサイドボードなどがあり、そのいずれもがシンプルだがクオリティが高く、おそらく高級品だろう。

サイドボードの上の、額に入れた写真に目が留まった。

家族写真だ。

向かって左側に立っているのは、おそらく夫だろう。四角い、いかにも几帳面そうな顔つきで、着ているものも仕立てのいい高級スーツだ。

右側に立って、落ち着いたアンサンブルを身にまとって微笑んでいるのは、妻だろう。

ミディアムヘアの品のいい、細面の美人で、年齢は三十過ぎだろうか。夫はおそらく五十くらいだろうから、だいぶ歳の差がある。

二人の間に、高校のブレザーの制服をつけたイケメンの男の子がいて、微妙な笑みを浮かべていた。

高校生だとすれば、年齢の計算が合わない。

女が見た目よりはるかに歳をとっているのか、それとも、夫の年齢から推して、この子は連れ子なのかもしれない。

考えられるのは、夫は離婚して、この女を後添いにもらい、前妻に産ませた息子を育てている、ということだ。

横に視線をずらすと、白い壁にカレンダーがかかっていて、九月のカレンダーが開いたままになっていた。そして、九月の土日にかけて二カ所、○が描かれている。

（そうか……たぶん、この日に別荘に来たんだな）

カレンダーがめくられていないのは、九月以降は来ていないということだろう。十月、十一月とめくってても、何も記されていない。ようやく十二月になって、二十八日から正月にかけて○が連なっていた。

（なるほど、ここで年越しをしようというわけか。それまでは、彼らはここには来ないいってことだ）

あくまでも、こっちの推測でしかないが、当たっているとすれば、長く滞在できる。

もっとも、予定を変更するケースだってあるだろうから、安心はできない。だが、いくら何でも、よりによって今日、持ち主がやってくるという確率はとても低いはずだ。

冷蔵庫はきれいに整理されていて、ミネラルウォーターしか入っていなかった。

食器戸棚にはインスタントラーメンやカップ麺、スープの素、パックのご飯、カレーなどの保存食品がびっしりと詰まっていた。床下の収納には、ジャガイモやニンジンなどの野菜が大量にストックしてある。

キッチンはオール電化になっていて、ＩＨクッキングヒーターが使えるので、調理も可能だった。

管理会社はおそらく直接タッチしていないだろうから、電気のメーターがまわっていたところでわかりはしないだろう。

インスタントやレトルト食品に飽きたら、町に買い物に行けばいい。最低、幾らかは残しておかなければいけないだろうが、一日最高で五百円使うということにしておけば、だいぶ長くいられる。

もちろん、不安はある。こんなところを見つかったら、住居不法侵入で警察に突き出されるだろう。

だが、危険を犯しながらも、ねぐらが見つかったというだけで、ほっとひと息ついていた。

竜星はキッチンのレンジでご飯とレトルトカレーをチンして、リビングのソファに座った。

五十インチ以上の大画面のテレビをつけ、地元局の放映している再放送のドラマを見ながら、カレーを口に運ぶ。

最近のレトルトカレーは随分と高級になり、質もあがった。

これまで高くて手の出なかった某有名カレー店の商品で、柔らかい牛肉がたっぷりと入っていた。

食べ終えて、ケータイをチェックしたが、メールも伝言も一切ない。料金を払うのが惜しいくらいだが、いざというときに備えて、ケータイだけは生かしてある。

また部屋の探索をはじめた。

寝室は洋間で、きっちりとベッドメイクされたダブルベッドがひとつ置いてあった。家族三人で来るときには、息子が和室に布団を敷いて寝るのだろうか。

竜星はベッドカバーに覆われたベッドにあがって、ごろんと大の字になった。

寝室は木材をふんだんに使った造りで、壁も檜《ひのき》の板が貼られていた。

目を瞑《つむ》ると、このまま眠りの底に吸い込まれていきそうで、いや、もう少しこの家のことを知らなくては、と自分を叱咤《しった》して、起きあがった。

クロゼットのひとつには、女性用の服が幾着か吊られていた。写真で見たあの美人妻のものだろう。

防虫剤の匂いを感じながら、下の引出しを開けると、女性用の下着がきちんと折り畳んで、しまわれていた。

そのお花畑みたいな下着の山から、白いレース刺しゅうの飾られた紺色のブラジャーを取って、鼻に押しつけてみた。

もうだいぶ使われていないはずなのに、香水と体臭が入り混じったような甘い残り香がして、竜星はしばらくそのままブラジャーの裏を鼻に押しつけて、芳香を楽しんだ。

ブラジャーを元の位置に戻し、もうひとつのクロゼットの扉を開けると、男性用の服が吊られていて、スーツの内側に『矢島《やじま》』と金色の刺しゅうが施されていた。

ここの持ち主は『矢島』と言うのだろう。

下側の引出しにはシャツや下着も入っている。

(矢島さん、悪いけど、着替えに使わせてもらうからな)

竜星は寝室を出て、夫の書斎らしい洋室に入っていく。

ゴルフバッグが立てられていて、経営学の難しそうな本の並ぶ本棚があり、重厚なライティングデスクが窓際に置かれていた。

机の引出しにはほとんど物が入っていなかったが、鍵付きの一番下の高さのある引出しだけが、鍵がかかっていて開かなかった。

(何が入っているのだろう?)

お金か、それとも、何らかの貴重品か?

竜星は秘密の匂いを嗅ぎ取って、鍵をさがしたがどこにも見つからない。

リビングに戻って開錠セットを持ってきた。試行錯誤しているうちに、錠が開いた。深く広い引出しを開けた途端——。

唖然とした。いや、それ以上に笑えた。

目に飛び込んできたのは、けばけばしい色のバイブレーターやロープ、拘束具などの大人の玩具だった。

取り出してみると、日本手拭いやアイマスク、乳首や性器の部分が開いている破廉恥な下着までもがある。

(そうか、ダンナはこの別荘であの美人奥さんにこんな悪いことをしているのか……さすがに家ではSMはしにくいんだろうな)

セックスグッズを全部取り出してみた。すると底のほうに、ケースにおさまった三枚のディスクと写真のミニアルバムが入っていた。

ディスクのケースには日付だけがマジックで書き殴ってある。

そして、写真屋でもらえる小さく薄いアルバムの表紙には、四年前の日付とともに、『美枝子《みえこ》30歳・誕生日記念』と赤いマジックで記されてあった。

(美枝子って、誰だろう？　あの奥さんか？)

最初のページには、目隠しされた女が縛られて、股をひろげている写真が二枚貼ってあった。

ページをめくる。

目隠しを取られた女が、こちらを恨めしそうににらんでいる。

さっき家族写真に写っていたあのきれいな奥さんだった。

(そうか、奥さん、美枝子という名前なんだ)

いっそう興味が湧いてきて、ページをめくる。

十ページほどのアルバムが、美枝子が縛られてバイブを挿入された写真や、拘束して吊られている写真で埋め尽くされていた。

毒々しい写真の色が生々しい現実感を伝えてくる。そして、美枝子の泣いているような、男にすがるような悩ましい表情――。

股間のものが一気に力を漲《みなぎ》らせた。

(ということは、このディスクにも奥さんの映像が詰まっているってわけだな)

一刻も早く見たくなって、竜星はミニアルバムと三枚のディスクを持ち、リビングに向かった。

2

テレビ台の下に設置してあったDVDレコーダーに、『2010年5月18日』と一番古い日付の記されたDVDを入れて、竜星はソファに座る。

読み込む時間があって、映像が流れた。

『この角度でいいだろう。スイッチ入ってるからな』

にやけた男の声とともに、家族写真に写っていた男・矢島の四角い顔がクローズアップされた。

そして、矢島が離れていくにつれて、さっき見たばかりのこの別荘の寝室が映し出された。

相手の女が美枝子であることを期待した次の瞬間、ベッドに横座りしている女の顔を見て、啞然とした。

奥さんとは似ても似つかない、若い、アイドルみたいなかわいい顔をした女だった。

フェミニンな長めのボブヘアをした女は、引出しにしまってあったあの下着と同じ型の、乳首の見える赤いブラジャーと陰毛が丸出しの赤いスケスケのオープンショーツをつけて、腕で胸のふくらみを隠していた。

相手が美枝子ではなく、違う女であることにショックを受けた。

『社長、やっぱり、撮るのはまずいですよぉ』

女の舌足らずでありながら、べっとりと粘りついてくるような声が、竜星の心を逆撫でしてくる。

「何だよ、こいつ」

思わず口に出していた。

『社長』と呼ぶのだから、矢島はどこかの会社の社長で、女はその部下なのだろう。新入社員で二十二、三歳か？　いや、そういう関係以上に、この女の媚《こび》を売るような口調がむかついた。

『こんな映像、奥さんに見つかったら、わたし、困りますぅ』

『大丈夫だ。美枝子が目にするような場所には保管しておかないから』

そういうわりには、引出しにしまうとは管理が甘いな――。

矢島がベッドにあがって、女をビデオカメラのほうに向かせ、両手を太腿に添えて、ぐいと開かせた。

やたら長い太腿が左右にひろがって、燃えるような赤いシースルーのパンティの開口した部分から、黒々とした繊毛がそそけ立っているのが画面に映った。

大画面テレビだから、迫力がある。

そして、この瞬間、竜星の股間も一気に力を漲らせて、ジーンズを突きあげていた。

赤裸々なプライベート・ビデオを目の当たりにし、他人の秘密を覗き見ていることで、劣情を煽られてしまうのだ。

『そうら、ユカのオマ×コが撮られているぞ。もっと見せろ』

矢島がユカの両膝を裏側からつかみ、力任せに持ちあげた。

M字の形に開脚された女の下半身が画面に映し出され、それはまるで、子供になったユカが大人にオシッコをさせられているように見える。

『ああ、いやん……この格好……』

ユカの甘えた声が響いてくる。だが、いやだと言うわりには、カメラを意識しているのか、しっかりとカメラ目線でこちらを見ている。

まあ、それもわかる。

矢島はおそらく後でこの映像を何度も見るだろうから、不細工に映りたくないと思うのは女心だろう。カメラがまわれば、女が女優になることくらい、竜星にもわかる。

『カメラに向かって、自分であそこを開け』

『ええ？……』

『やれよ！』

ビシッと言われて、ユカが両手を股間に持っていった。

おずおずと指を這わせながらも、カメラを見る恥ずかしそうで、悲しそうな表情はいかにも自意識過剰で自己演出されていて、自分の内臓をカメラに向かってさらすことを怯えつつ、どこかで愉しんでいるような節がある。

細く長く、爪に光る素材が載った凝ったマニキュアされた指が、陰唇を外側に開いた。

テレビにも、赤く濡れた粘膜がぬっと露出するさまが映って、

『ああん、いやん……』

ユカが大きく顔をそむけた。

その声音は心底いやがっているようには見えず、むしろ、女の持つ媚に満ちた

ものだった。

耳元で何か囁かれ、ユカが小陰唇に添えた中指で、肉びらを開閉しはじめた。くちゅくちゅ——粘着音が聞こえてきそうなほど、狭間は妖しくぬめ光り、とろっとした淫蜜が尻に向かってしたたり落ちていくのが、はっきりと画面でも見て取れた。

どうしようもない女だ——そんな気持ちとは裏腹に手が勝手に動いて、ベルトを外し、ジーンズとブリーフを膝までさげていた。

半年前になけなしのお金をはたいて、ソープに行き、太った女を抱いて以来、女体には接していなかった。

大学時代に一度だけモテ期が訪れ、セックスしまくった。

だが、その時期を過ぎるとなぜか潮が退《ひ》いていくように女が去っていった。

それでも、三年前には結婚まで考える恋人ができた。その彼女を会社の同僚に寝取られてから、竜星は女を愛することが怖くなり、その状態が今もつづいていた。

しかし、性欲は別物で、女を抱きたいという欲望だけは日増しに募っていた。

血管を浮かべていきりたっている肉柱を握ると、ドクッ、ドクッと熱い血液が流れるのがはっきりと感じられる。

カチカチになった肉柱を握って、しごきながら、プライベート・ビデオに視線をやりつづけた。

ユカの指マンが激しさを増していた。

右手の指を三本あそこに突っ込んで、出し入れしながら、左手の指でクリトリスをくるくるとまわし揉みして、

『ぁああ、ぁああ……』

と、顎を突きあげ、カメラに向かって口腔を奥までさらして、身をよじらせている。

『社内じゃ、バージンだって噂されてるらしいな。そのバージンが、まさか、社長の愛人だとは思いもつかんだろうな……このビデオ、お前をバージンだと勘違いしている連中に見せてやろうか？』

『ああん、いやですぅ！　いや、いや……絶対にダメぇ』

『どうするかな？　ユカの態度次第だな。言いつけを守っている限り、そんなことはしない。ただし、少しでもそむいたら、そのときは……わかってるな』

矢島はユカの両膝から手を離し、乳首をいじりはじめた。

赤いシースルーのブラジャーの中心はくり抜かれていて、ピンクっぽい乳暈《にゅううん》と小さな乳首がいたいけにせりだしている。ごつい指が突起を挟みつけるようにして、くりくりと転がし、

『あっ……あっ……あんん……』

アイドル並の顔が天井を向いた。

可憐と言ってもいい二つの乳首もピンと勃《た》って、顔と同じように上を向いている。

『欲しくなったな？』

『はい……これが欲しいです』

ユカは後ろ手にバスローブのなかに手を入れて、社長の屹立をつかんだ。

『残念ながら、女の快楽に奉仕する気はないんだよ』

傲慢に言って、矢島はバスローブの腰紐を抜き取り、ユカの両手を前で合わせて、両方の手首をひとつにくくった。

それから立ちあがって、カメラに向かってほぼ直角になるようにユカを自分の前に正座させた。

バスローブを脱ぐと、赤銅色の肉棹がとても五十歳とは思えない角度でそそり

たっていた。

矢島がそれを近づけ、ユカは自ら口を開いて肉茎を受け入れた。

右手ひとつでユカの後頭部を押さえつけると、矢島はカメラを意識しながら、腰を振って、屹立を打ち込む。

『うぐ、うぐぐ……ぐぇぇぇ……』

太く長い肉棹が出入りするたびに、苦しそうな呻きが洩れ、ユカの小さな口から涎《よだれ》のようなものがあふれでていた。

社長という絶対的な地位を利用して、部下だろうOLを好き勝手にする。どうしようもない男だ。救いようのない男だ――。

「好き勝手、やってるんじゃねえよ」

ひとりでいるせいか、竜星は画面に向かって、ついつい毒づいてしまう。

この男はどこかの社長であり、軽井沢に別荘を所有し、きれいな奥さんと息子がいながら、おそらく社内でも屈指の女子社員を食い物にしている。

それに較べて、自分は二十七歳になっても定職につけず、アパートを追い出されて、浮浪者同然の生活を送ろうとしている。

「いいご身分だな」

テレビに向かって悪態をつきながらも、しかし、どういうわけか、股間のものは勃起しきっていた。

しごくたびに、先走りの粘液がこぼれて、指を濡らす。

『欲しいか？　今、ユカの喉を突いているものを、あそこに入れてほしいか？　どうなんだ？』

訊かれて、ユカが涙目で見あげながら、小さくうなずいた。

矢島が猛りたつものを引き抜くと、ユカの口と肉柱の間に涎のような粘っこい液体が伸びて、ぬらっと光るのが画面に映った。

ユカはゲホッ、ゲホッと噎《む》せながらも、矢島の指示に従って、カメラのほうを向いてベッドに這った。

『顔をあげて、見てもらえ。カメラは他人の目と同じだからな。ユカは人に見られている。そうだな？』

『はい……ユカは人に見られています』

『カメラに向かって誘え。あなたが欲しいと。入れてくださいと』

ユカは手首をひとつにくくられた腕の肘をついて、上体を持ちあげ、カメラ、即ち今は竜星に、とろんとした情欲に駆られた目を向けて、

『……ああ、入れて。ユカのオマ×コにあなたの硬いのをください……ユカのオマ×コはぬるぬるです。あなたのチンポが欲しくてぐちゃぐちゃ……だから、焦らさないでくださいよぉ……ねえ、ねえ……』

眉根を寄せたさしせまった様子で訴え、後ろに突きあげられた腰をくなり、くなりと揺する。

『まるで娼婦だな。お前はどんな男でもいいんだ。カチカチのチンポがあれば、どんな男相手にでも、くださいと尻尾を振る。この淫売が！』

そう叱責する矢島の声が昂奮で上擦っている。

『ああん、ゴメンなさい。社長さんがいけないんですよ。社長さんがユカをこんないやらしい女に育てたんです』

『そんなふしだらな女に育てた覚えはない。お前はこれで充分だ』

矢島が右手の指を尻の底に挿入したのがわかった。

筋肉質の右腕が前後に動きだして、ユカが首を左右に振った。

『ううっ、いやっ……いやですぅ』

矢島が左手を振りあげた。次の瞬間、ピシッと乾いた打擲《ちょうちゃく》音が画面からも聞こえてきた。

『いっ……くうぅぅ』

ユカが顔をのけぞらせ、歯を食いしばった。

矢島はつづけざまに、尻たぶを平手打ちして、画面でも赤く染まってきたとわかる尻をゆるゆると撫ではじめた。

すると、さっきまで痛がっていたユカが『ぁああ、ぁあああ』と陶酔したような声をあげた。

『そうら、いやらしくケツを振って……お前は飴と鞭に弱いな。どうしてこんなにケツを振っている？　欲しいのか、うん？　カチカチを入れてほしいんだな？』

『はい……入れて。今すぐ入れて』

『女の快楽には奉仕しないと言っただろうが！』

矢島がまた、尻を引っぱたいた。

それを見ている竜星も、じゃあ、女はどうやって答えればいいのか、とユカに同情さえ覚えてきた。

『もう一度訊くぞ。どうしてほしいんだ？』

『……矢島さまのその立派なおチンポを、わたしのなかに、ユカのオマ×コに入れてください。お願いします』

『そんなに懇願されたんじゃ、仕方ないな。ただし、覚えておけよ。俺はこうしたいからするんだ。ユカのためにするんじゃない。わかったな？』

『はい……わかりました』

もったいぶりやがって……。結局は入れるんじゃないか――。

鼻白んでいると、矢島は後ろに膝をついて、腰を入れた。

『はうっ……！』

ユカは一瞬背中を丸め、反らせながらこちらを見て、眉をハの字に折り曲げた。

3

（エロい顔をする……）

竜星は硬直をしごくのも忘れて、ユカの悩ましい表情に見とれた。

これはＡＶではない。ここの持ち主が実際に不倫している現場を映したドキュメントなのだ――。

『オラッ、ユカ。下を向くな。カメラを見ろ。みんなにお前のはしたない姿を見てもらえ』

そう言って、矢島が腰を打ち据える姿が、ユカの向こう側に映っている。

そして、ユカは両手首をくくられて肘をつく格好で前を向いて、眉根を寄せた悩ましい表情で、『あんっ、あんっ』と喘ぐ。

さらさらの髪が揺れて、今にも泣きだしそうな顔が突かれるたびにのけぞり返る。

矢島が右手をまわり込ませて、ブラジャーから飛び出した乳暈とともに乳首をこねまわし、さらに、その手を結合部に這わせて、ユカの下腹部をいじった。

ユカはそのひとつひとつの愛撫に反応して、

『ぁあああ、ああ……いいよ。いいよぉ……ぁああ、ぁあああぁぁ』

と、何かに酔っているような声をこぼして、気持ちよさそうに目を瞑る。

『コラッ、目を閉じるな。カメラを見ろ。そのいやらしく潤んだ目をみなさんに見てもらえ』

叱咤されて、ユカが必死に目を開けて、カメラを見た。

大きな瞳はうっすらとした膜がかかったようで、後ろから突かれるたびに、『ぁあああぁ』と顎がせりあがり、閉じられた瞼がまた開く。

（エロいぞ、エロすぎる！）

これ以上しごけば、射精してしまいそうだった。

だが、もう少し見ていたい。

竜星は分身を擦る速度と強さを調節して、射精を長引かせる。

と、矢島が結合を外して、ユカのブラジャーを外し、ベッドに仰向けに寝かせた。

こちらを向く形で、ユカの肩をまたぐようにして、淫蜜で濡れた禍々《まがまが》しく屹立したものを、ユカの口許に押しつけた。

仰臥したユカの赤い舌が伸びて、肉棹にからみつき、矢島は前傾しながらぐっと腰を入れた。

『うぷっ……』

肉の槌《つち》がユカの口に半分ほどおさまり、矢島は前に手をつく形でさらに前傾して、屹立を根元まで押し込んだ。

足をバタバタさせて、ユカが苦しがっている。

竜星にはなぜ矢島がこんなひどいことをするのか、理解できない。なのに、頭の芯が痺れたようで、分身がいっそう力を漲らせるのはなぜだろう？

不法侵入した別荘で、その持ち主のプライベート・ビデオを見て、昂奮している自分を、もうひとりの自分が見ている。

つらそうに顔をゆがめるユカを満足そうな顔で眺めていた矢島が、肉棹を口から引き抜いて、足のほうにまわった。

膝をすくいあげて、猛りたつものを一気に打ち込む。

覆いかぶさっていき、ユカの耳をねちねちと舐め、さらには、顔中に舌を這わせた。だが、唇へのキスはしないで、そのまま腋の下に顔を埋める。

ユカはひとつくくられた両手を頭上にあげているので、つるつるの腋がさらされてしまっている。その無防備な腋窩《えきか》に、矢島はしゃぶりつき、ねっとりと舌を這わせ、二の腕へと舐めあげていく。

『あ、ぁあああん……』

ユカの伸びやかな肢体がぶるぶると震えはじめた。

驚いたのは、もっととばかりに下腹部をぐいぐいとせりあげだしたことだ。

(エッチな女だ。欲しいんだな。深いところに打ち込んでほしいんだな)

カメラのとらえる女のあさましい腰の動きに視線を釘付けにされながら、竜星は熱く脈打つ分身を握りしめる。強く擦ったら射精してしまいそうだ。

まだ早い――。

自分に言い聞かせて、大型画面を食い入るように見る。

矢島は片手で乳房をぐいぐいと揉みながら、腰をつかっていた。

きれいなお椀形のマシュマロみたいな乳房が、赤みがかった乳首を尖らせて、揉まれるままに大きな手のひらのなかで形を変える。

そして、ユカは打ち込まれるたびに、M字に開いた足をぶらぶらさせて、

『あんっ、あんっ、あんっ……』

頭の天辺から突き抜けるような甲高い声で喘ぐ。

（くそう、なんて声を出すんだ！）

まるで、わたしっていい声出すでしょ、と自慢しているように声を響かせている。歌っているようだ。いささか鼻白むものを感じながらも、分身はその声に反応してビクン、ビクンと頭を振る。

『気持ち良さそうな声を出して……そんなに気持ちいいか？』

『ああ、はい……気持ちいい。あそこが蕩《とろ》けてくぅ……どうにかして。ユカをどうにかしてください』

矢島が覆いかぶさっていき、頭上にあげられた腕を上から押さえつけた。

両腋をあらわにされ、抗うこともできずに、されるがままに貫かれている若い

女——。

そして、矢島は嗜虐的な笑みを浮かべて、喉元をいっぱいにさらすユカを見おろしながら、腰を叩きつけている。

『こんなに汗をかいて……肌が紅潮してきた。イキそうか、イキそうなんだな？』

『はい……イキそう。ユカ、もうイッちゃう！』

『いいんだぞ、イッて……身をゆだねろ、すべてを忘れろ。そうら！』

矢島が両腕を押さえつけたまま、激しく腰を躍らせた。

『ぁああ、ぁあああ……ァアアア、イクぅ……イッちゃう……許して！』

『イケ、そうら！』

矢島がぐいと腰を叩きつけたとき、ユカが吼《ほ》えるような声をあげて、のけぞり返った。

がっくりとして動かなくなったユカを横目に見て、矢島が画面に近づいてきた。ビデオカメラをつかんだのだろう、画像が揺れて、ズームしながらユカをクローズアップしていく。

くくられた両手を頭上にあげ、くの字に開いた両足の間の真っ赤なオープンクロッチショーツから黒々とした陰毛をのぞかせて、ユカは横たわっている。

カメラは無様にひろがった太腿の中心の濡れた陰部を映し、そこから、徐々にあがっていき、いまだに勃起したままの乳首をとらえ、さらに、横を向いた顔へと這いあがっていった。

カメラに気づいたのか、ユカがハッとしたように目を見開き、

『いやっ……』

顔をそむけた。

『まだ、出してないんだよ。咥えろ』

声がして、ユカがのろのろと上体を起こす姿が至近距離で映されていた。

淫蜜でぬめ光る屹立をカメラがとらえ、つづいて、ユカが顔を寄せて頬張る光景が、上からのアングルでテレビの大画面に映し出される。

ぷっくりとした唇をＯの字にひろげて、おぞましい肉柱にまとわりつかせて顔を振るユカがテレビいっぱいに映り、

『こちらを見ろ』

矢島の嗄《しゃが》れた声がして、ユカが頬張ったまま上目遣いにカメラを見た。

瞳を上にあげ、鼻の下を伸ばすようにして、ずりゅっ、ずりっと唇をすべらせ

ている。

顔を振るたびに、血管の浮かんだ肉柱が見え隠れし、めくれあがった唇が唾液でいっそう光ってきた。

(ああ、こいつの唇でここを……)

竜星はいきりたつものをしごきながら、自分でも腰を突きあげた。

精液と間違うほどにあふれだした先走りの粘液がしたたって、擦るたびに、ネチャ、ネチャと音を立てる。

亀頭冠を包皮がひと擦りするたびに、得も言われぬ快美感が立ち昇ってくる。

一心不乱に顔を打ち振っていたユカの大きな瞳が、ふっと閉じられた。

矢島の肉棹で口腔を抜き差しされて、うっとりとした表情を浮かべている。

『また、されたくなったか？　入れてほしくなったか？』

ユカが目を見開いて、小さくうなずいた。

『自分で入れろ。ハメ撮りしてやるから』

そう言って、矢島が仰向けに寝た。

画面には、ユカがまたがって、ひとつにくくられた手でいきりたちを股間に導き、ゆっくりと沈み込む姿が映されていた。

破廉恥なパンティを穿いたユカが大きく足を開き、蹲踞《そんきょ》の姿勢になって屹立を中心に招き入れた。

『あああ……』

のけぞりながら、矢島の胸に手をつき、腰を浮かせた。

ぎりぎりまで引きあげた状態から、ストンと腰を落とし込んで、

『ぁあぁぁ……』

と、獣じみた声を洩らし、また腰を持ちあげて、落とす。

上下運動を繰り返しながら、ユカは確実に高まっているようで、落としきったところで腰をぐりん、ぐりんとまわし、前後に擦りつける。

その姿には、バージンだと噂されるような清純な面影はなく、貪欲な一匹のメスにしか見えない。

カメラは、顎をせりあげて腰をつかうユカの顔を下からとらえ、揺れる乳房を映し、そして、淫らな腰づかいとともに、濃い恥毛の底を肉棹がうがち、出たり入ったりするさまを如実にとらえていた。

その舐めるようなカメラの移動が、女体をモノとしてとらえる矢島の冷徹さとその内に潜む好色さを伝えてくる。

『あん、あん、あんっ……ぁあぁ、もうダメです。お願いです。下にしてください。お願いです』

『そうか、お前は下にならないとイケないんだったな。世話を焼かせる女だ』

矢島は上体を持ちあげて、いったん対面座位の形になり、それから、ユカを後ろに倒し、膝を抜いて上になった。

おそらく上体を立てて、片手で膝をつかみあげ、腰をつかっているのだろう。

カメラは斜め上から、仰向けになったユカをとらえている。

画面に結合部分が映され、ぬらつく肉棹が陰毛の底を犯しているところがズームアップされる。それから、カメラは徐々にあがっていき、揺れる乳房をとらえた。

ちょうどいいDカップほどの白いふくらみがぶるん、ぶるるんと波打ち、赤い乳首が卑猥に突き立っている。

『そうら、ユカのいやらしい顔がズームで映ってるぞ。ふふっ、鼻の孔まで丸見えだ』

『ああ、いやです。撮らないでぇ……』

ユカが顔を必要以上にそむけた。

『コラッ、こちらを向け。カメラを見ろ』

命じられて、ユカが潤みきった瞳を真っ直ぐに向ける。

画像が揺れ、矢島が激しく腰を叩きつけているのがわかる。同時に、女体もそのリズムで揺れて、

『あんっ、あんっ、あんっ……』

ユカはあの甲高い声をあげながらも、じっとカメラのほうに視線を投げているのだ。

その何かを訴えるような、すがるような哀切な眼差しと、乳房の激しい揺れが、竜星をかきたてた。

「おおぉ、イケよ。俺がイカしてやるよ」

竜星はテレビの映像を見ながら、自分でも肉の筒を作った手のひらに向けて、腰を突きあげていた。

持ちあげる際には、指で擦りさげる。腰をおろす際には、指でしごきあげる。それを繰り返しているうちに、甘い陶酔が切羽詰まってきて、にっちもさっちも行かなくなった。

「イケよ。ユカ、イケよ」

画面に向かって吼えていた。

すると、その思いが伝わったのか、ユカが乱れはじめた。

『あんっ、あんっ……ぁあぁぁ、いい……狂っちゃう。ユカ、狂っちゃう』

ひとつにくくられた両手を前にしたり、頭上に持ちあげたりしながらも、顔をさかんに左右に振りたくっている。

矢島が焦らすように律動を止めると、つづけて、とばかりに自ら腰を振りあげて抽送をせがむ。

『いやらしい女だ。こんなかわいい顔をして……恥をさらせ。みんなの見ている前で昇りつめろ。カメラがお前を見てるぞ。みんなに後で見せてやる。ユカのあさましい姿を……そうら、イケ。俺もイクぞ』

映像の揺れが大きくなり、矢島の荒い息づかいが聞こえ、そして、ユカは髪をバラバラに振り乱して、

『ああ、イクぅ……イク、イク、イッちゃう!』

ぐーんと上体をのけぞらした。

『そうら……おおぉぉ!』

矢島が吼えて、画面に一瞬、天井が映った。

それから、ゆっくりとおりていき、びくっ、びくっと痙攣するユカの上半身をとらえた。

（イキやがって……イキやがって……うっ！）

直後に、竜星もしぶかせていた。

猛烈な勢いで飛び散った白濁液が、前に置かれたセンターテーブルを汚し、絨毯にもこぼれ、栗の花の強烈な異臭が散った。


その後、竜星は二本のＤＶＤを見たが、どういうわけか、美枝子は映っていなかった。

自分の妻だから、写真は撮っても、映像は撮っていないのか？　それとも、他のどこかに保管されているのか？

そして、二本のプライベート・ビデオの主演を務めた女は、ひとりは四十歳近い熟女であり、もうひとりは二十七、八のすらりとした美人だった。

矢島はこの別荘に肉体関係を結んだ女を連れ込んで、こんな破廉恥な映像を撮っていたのだ。

そして、竜星が気づいたのは、年月とともに、矢島の行為がエスカレートしていたことだ。

二番目の熟女には、縛って、アナルセックスをしていた。

最も近い一年前に撮った映像では、とびっきりの美人にオシッコをさせながらフェラチオさせ、挙げ句には浴槽の美女に向かって小便をかけていた。

どうしようもない男だなと侮蔑しながらも、どこかで自分もしてみたいという欲望もあり、竜星は残りの二本のＤＶＤを見ながら、二度射精していた。

見終えた頃には、すでに夜になっていた。

一日に三度抜いた竜星は精根尽き果てていた。

ソファに布団をかぶって横になると、あっと言う間に睡魔に襲われて、眠りの底にすべり落ちていった。

第二章　人妻の玩具

1

矢島の別荘でヤドカリ生活をはじめて三日目の夜、竜星はソファに寝転んで、テレビを見ていた。

雨戸は閉め切って、明かりが漏れないように気をつけている。

予定では十二月末までは家族が来る予定はないようだ。しかし、それはあくまでも予定であって、突然、誰かがやってこないとも限らない。

避難場所として天井裏を調べたら、和室の押入れから屋根裏にあがれることが判明した。

木材が剝き出しで、断熱剤の仕込まれた屋根裏はそれなりに広く、造りもしっかりしていた。裏口はないから、いざとなったら、天井裏に逃げ込めばいい――。

また、突然の訪問者に疑念を抱かせないためにも、ベッドは使っていないし、何かを使っても必ず元の位置に戻している。

カップ麵や野菜などのストックされた食品が減るのは仕方がない。たとえわかったとしても、疑問には思うだろうが、それで、警察を呼ぶなどという面倒なことはしないだろう。呼んだとしても、家宅侵入犯と竜星が結びつけられることはないはずだ。

地元のニュースを大型画面で見ていると、トゥルル、トゥルル——。

電話の呼び出し音がリビングに鳴り響いた。

ハッとして、サイドボードに置かれた家の電話を見る。体がこわばって、思わず息を潜めていた。

しばらくして留守電に切り替わった電話が、やがて、切れた。

(別荘に電話なんて、どういうことだ?)

不安に駆られて竜星は立ちあがり、点滅している留守電再生ボタンを押した。

流れてきた男の声には、聞き覚えがあった。

『美枝子、いるんだろう? いたら、出てくれ』

DVDで見た矢島の声だった。わずかな沈黙の後で、

『お前がそこにいるのはわかっている……とにかく、連絡してくれ。話がしたい。

待ってるぞ』

電話の切れる音がした。

何が起こっているのか、はっきりとはつかめない。だが、夫婦間で何かがあって、夫の矢島は、妻がこの別荘に来ているのでは、と疑って家の電話に連絡をしてきただろうことはわかる。

美枝子も当然ケータイは持っているだろうが、矢島は別荘の電話にかけて、妻の所在を確かめたかったのだろう。

（ということは、美枝子がここに来る可能性があるんだな……連絡がなければ、矢島が押しかけてくることだって考えられる）

とにかく、ここはヤバイ——。

竜星はテレビのスイッチを切って、荷物をまとめ、散らかっているものを片づけた。家を来たときと同じ状態にするのに、十五分ほどかかった。

家を真っ暗にして、玄関から出ようとしたまさにそのとき、懐中電灯の明かりが外でちらつき、鉄の階段をあがる足音が近づいてきた。

（来た……！）

竜星は玄関の自分の靴をつかみ、ケータイの明かりを頼りに廊下を歩き、和室の扉を開けて閉める。この家には裏口はないからだ。押入れの上段にあがり、天井板をずらして、そこから、天井裏へとのぼった。

板を戻して、暗がりのなかでじっと息を潜めていると、人が入ってくる物音が聞こえた。

どっちだろう？　さっき矢島から電話があったばかりだから、おそらく、美枝子だろう。

きっちりと痕跡は消したつもりだが、見逃したところがあるかもしれない。異常を発見したら、警察を呼ぶのだろうか？

そのときは、警察が来る前に逃げなくては――。

竜星は様々なことを思いながらも、天井裏で軽井沢独特の多湿から起こる黴臭《かび》い空気を吸いながら、息を詰めていた。

と、大勢の人の笑い声がかすかに天井裏にも聞こえてきた。

（………！）

耳を澄ました。

どうやら、それはテレビの音らしかった。

（しかし、誰だ？）

妻の美枝子の可能性が高いが、どうしても正体を確かめたい。テレビはリビンクにしか置いていないから、リビングの上まで行けば、どこかから覗くことができるかもしれない。

天井裏には面の平らな、太くて頑丈そうな梁が横に走っているから、その上を慎重に歩いていけば、天井が軋むようなことはないはずだ。

（いや、そんなことをして、ばれたら大変だ。わざわざ墓穴を掘る必要などないだろう）

迷った。だが、結局は誰なのかを知りたいという欲望のほうが勝った。

竜星はケータイの明かりを頼りに、太さが三十センチはあるだろう梁の上を物音を立てないように慎重に歩いていく。

もっと明かりが欲しい。ケータイを開いて、写真撮影時に使う明かりで足元を照らし、一歩一歩進んでいった。

リビングの上に来たのだろう、テレビの音が大きくなり、そして、梁の脇からかすかな明かりが漏れてきていることに気づいた。

天井には、おそらく断熱材だろう。表面が銀色で側面が黄色いマットのようなものが敷きつめられていて、梁の隙間からかすかな光が漏れているのだった。

竜星は慎重にそのマットをめくっていく。それは異常に軽く、ただ天井板に置いてあるだけのものだった。

剝がすと、梁と天井板の間にわずかな隙間があった。

バランスを崩さないように用心しながら、スリットに目を寄せた。

隙間はほぼソファの真上にあったのだろう、目に飛び込んできたのは、ソファに腰かけた女の頭部と、胸のふくらみと、スカートから突き出して横に流された女のすらりとした足だった。

セミロングの毛先を内側に巻いた髪形から推して、美枝子に間違いなさそうだった。

クリーム色のタートルネックのセーターを着て、膝丈のスカートを穿いていた。テレビはただ点けているだけでほとんど見ている様子はなかった。前にあるガラストップのセンターテーブルに、ウイスキーのボトルとグラスが置いてあり、女は時々グラスを口にして、ウイスキーをストレートで呷る。

グラスを置き、頭を抱えて、うつむいた。

どうしていいのかわからないといった様子で顔を左右に振り、懊悩《おうのう》を感じさせる長い溜息をついた。

今度は黒髪をかきあげながら、足を組み、目を閉じたまま少し上を向き、また溜息をつく。

（ああ、やはり……）

とっさに顔を引っ込めながらも、竜星はちらりと見えた女の顔で、彼女が矢島美枝子であることに確信を持った。

もう一度、隙間に目を寄せる。

美枝子はスカートの張りつく膝の上で、琥珀《こはく》色が底に沈むグラスを両手でつかみ、じっと何かを考えている。

かるくウエーブした黒髪がタートルネックの肩に散り、上から見ているせいか、ぴったりしたセーターの胸の甘美なふくらみをとてもエロティックに感じてしまう。

スカートからのぞいた、組まれた膝の丸みと太腿へとつづく厚みにも、視線が惹きつけられる。

まだ顔もつぶさに見ていない女性に、ひどく官能的なものを感じてしまうのは、美枝子が夫に責められているあのエロティックすぎる写真を見ているからだろう。

あのミニアルバムは、いけないこととは知りつつも、どうしても欲しくなって、拝借した。今も、リュックに入っている。

と、そのとき、テーブルに置かれたスマートフォンが着信音を響かせた。

美枝子はそれを取って、発信者を確認し、切って、テーブルに置いた。

しばらくして、いったん途絶えた着信音がまた響いて、美枝子はスマートフォンをつかんで耳にあてた。

「……来ないでください。あなたが来たら、わたしはまた別のところに逃げます。考える時間が欲しいの。少し、時間をくださいい……ええ、そうです。切りますよ」

美枝子は再び置いて、テーブルの上のボトルとグラスを片づけはじめた。

リビングと繋がっているキッチンに立ち、グラスを洗い、水切り籠に伏せ、部屋を出ていった。

2

天井裏にいても、美枝子がバスルームでシャワーを使う音が聞こえる。

今なら、密かに家を出ることは可能だろう。だが、このとき、竜星はすでにひとりの女を覗き見することの不思議な悦びに魅入られていた。

写真で見たあの裸を実際に見たい――。

と、シャワーの音が止み、しばらくして美枝子がバスルームを出て、廊下を歩いていく足音がする。

どうやら、寝室に向かったようだ。

竜星も天井裏を張り巡らされた梁を這うようにして、寝室の上まで移動していく。

屋根裏は至るところに埃が溜まっていて、衣服に付着した。

黴臭い匂いには、慣れた。ひどく冷えるのは仕方がない。

苦労して、寝室の真上まで移動し、覗くことのできる隙間をさがした。

と、太い梁と天井板の合わさる箇所から、寝室のわずかな明かりが漏れていた。

敷いてある断熱材を慎重にどかすと、隙間から寝室の明かりが漏れて、剝き出しになった木材が組み合わさった屋根裏が、細長い光の形に浮かびあがった。

光が作る幻想的な光景に、一瞬、見とれた。

それから、細い光に覆いかぶさるように、隙間に右目を近づける。

ドレッサーの前のスツールに腰をおろして、鏡に目をやりながら、寝る前の肌の手入れをする美枝子の後ろ姿が見えた。

三面鏡に、自分を見つめる美枝子の顔が映っている。

時々、神様が依怙贔屓《えこひいき》をしたのではないかと思うくらいの、ととのった容貌を与えられた女がいるが、美枝子はそのひとりなのだろう。

化粧を落としているのに、アーモンド形をした目はぱっちりとして大きく、鼻筋も通って、やや薄い上唇に対して下唇がふっくらとして、非の打ち所がない。

と、美枝子がスツールの上で、足をかるく開いた。

右手に持ったドライヤーを下腹部に向けて、風を送り込みながら、覗き込んでいる。

（………！）

おそらく、濡れた陰毛を乾かしているのだろう。

生まれて初めて目にするその仕種に、竜星は驚き、そして、昂奮した。

美枝子は膝を開き、爪先立ちになって、恥毛に風を送った。

それから、ドライヤーを切り、保湿液だろうか、手のひらにあけた液体を顔面に伸ばし、さらに、腕や手にも塗り込めた。

終えて、立ちあがり、着ていたバスローブの紐を解き、肩から脱いだ。

天井裏で、竜星は息を吞んでいた。

一糸まとわぬ後ろ姿の、まろやかな肩からくびれた腰へとつづくライン、そして、ふくれあがったヒップ——。

その見事な流線型をなす裸身に見とれていると、美枝子はこちらを向いてベッドに近づいてきた。

均整の取れたしなやかだが、出るべきところは出た女らしい身体だった。Dカップくらいのちょうどいい乳房が動くにつれて揺れ、抜けるように白い乳肌の中心に、ピンクがかったセピア色の乳暈と乳首がせりだし、そして、適度に脂肪ののった腹部の下には、密生した恥毛が撫でつけられたように生えていた。

生々しい女体に圧倒された。

美枝子はベッドに置いてあったワンピース型の白いナイティを取り、足のほうからあげていき、最後に肩紐を腕に通した。

それから、ベッドにあがり、羽毛布団らしいふんわりした布団をかけ、枕明かりを点けて、リモコンで天井灯を消した。

うつ伏せになって、ランプシェードの明かりで本を読みはじめた。

竜星は動かないで、斜め上から、その姿を眺める。

物音ひとつしないこの静寂のなかでは、少しでも動けば、天井裏に何かが潜んでいることに気づかれてしまうだろう。

美しい人妻は、うつ伏せになって枕を抱えるように上体を持ちあげ、本のページをめくり、しばらく読み耽る。それから、また、新しいページをめくる。

それだけのことなのに、竜星はまったく飽きることがなかった。この女のちょっとした仕種や溜息のひとつひとつが目や耳に心地よいのだ。

と、美枝子が本を閉じて、枕に顔を伏せた。

両手がいつの間にか、布団のなかに潜り込んでいた。しばらくすると、

「ぅうん……んっ……あっ……」

かすかな喘ぎとともに、布団が揺れだした。

人体の形で盛りあがった羽毛布団が、その腰のあたりを中心にじりっ、じりっと横揺れし、そして、ぐぐっと天井に向かってせりあがった。

掛け布団がさがって、白いナイティの背中がなかばのぞいていた。

(ああ、オナニーしている……！)

布団に覆われた身体が波間にただようボートのように右に左に揺れ、

「あっ……ぁあうぅぅ……」

背中が丸くなり、そして、腰が持ちあがった。

その動きで布団がすべり落ち、白いナイティに包まれた身体がほぼ見えた。美枝子は膝をつき、這うようにして、右手を腹のほうから太腿の付け根に伸ばしていた。

そして、自分からゆったりと腰を上げ下げして、右手に股間を押しつけているのだ。

どんなに私はオナニーなんかしません、という顔をした女でも、こうやってひとりであそこを慰める——。

竜星は、右手が下腹部に伸びるのを抑えきれなかった。

ジーンズ越しに、分身がいきりたっているのを感じる。

「ぁああ、あああ……ぅうんん……」

天井裏にも、美枝子の快感を告げる悩ましい声が聞こえてくる。

と、美枝子の右手がナイティの裾をまくりあげた。

こぼれでたヒップは斜め上から見ているせいか、ハート形のくびれが如実で、そして、母性を感じさせるほどに量感があり、その丸々とした形と陶器のような光沢に、視線が惹きつけられる。

色白のほっそりした手が双臀の狭間をおりていき、人差し指と小指を左右にひろげ、中指と薬指だけで、アヌスから性器へとつづくラインを擦っている。

裂唇を静かに上下になぞりはじめた。

ビロードのような繊毛は陰唇にはほとんどなく、恥丘に細長く密生しているだけなので、性器の様子がはっきりと見える。

二本の指が狭間をなぞるうちに、そこはそれとわかるほどに濡れそぼり、蜂蜜を塗り込めたようにぬめ光ってきた。

と、左手が腹のほうから伸びて、クリトリスのあたりをくるくるとまわし揉みしはじめた。

次の瞬間、右手の中指と薬指が亀裂へと消えて、

「はうぅぅぅ……！」

ビクンッと尻たぶが痙攣した。

「あっ……あっ……あっ……」

女が感じているときの声をたてつづけにあげて、腰が前後に揺れた。

清楚な美人であるだけに、そのあからさまな自慰が、いっそう卑猥なものに映る。

たまらなくなって、竜星はジーンズのベルトをゆるめ、ブリーフとともに膝までおろした。

いきりたっている肉棹を握ってしごきながら、天井裏の隙間から二メートル下の光景を凝視する。

「あっ……あっ……はうぅぅぅ」

美枝子の腰の揺れが大きくなり、それに合わせるように竜星も腰をつかっていた。筒状にした手のひらにいきりたちを擦りつけるたびに、下半身はおろか脳味噌まで蕩けるような甘美な快感がせりあがってくる。

と、そのとき、美枝子がベッドを降りた。

何をするのだろう、と見守っていると、クロゼットの下部の引出しを開けた。

竜星が初日に家捜ししたときに確かめた、下着の入っている引出しである。

奥のほうから、何かを取り出した。ハンカチに包まれた棒状のものである。

竜星は下着にばかり気を取られて、奥にしまってあったそれを見落としていたのだ。

(もしかして、あれは……？)

美枝子はベッドに座って、ハンカチを解いた。

想像したとおり、やはりそれは肌色のリアルな人工ペニスだった。どう見ても、バイブではなく張形だった。

夫は鍵のかかった引出しに、おぞましい性具やＤＶＤを隠し持っていた。そして、その妻も——。

夫婦の秘密を覗き見た気がした。

二人は上手くいっていないようだから、美枝子も夫の男根の替わりになるものを必要としているのか？

美枝子はベッドにあがり、仰向けに寝て、肌色の疑似男根を口に近づけ、その表面を舐めた。

それから、枕を腰の下に置いて、腰の位置を高くし、両足を持ちあげた。

オムツを替えられる赤子のように膝を折って開き、右手でつかんだ張形を近づけて、亀頭部で狭間をなぞった。

しばらくそうやって擦っていたが、やがて、両手を伸ばしてディルドーをつかみ、慎重に沈み込ませていく。

長大な肌色の肉棹を、両手で自分に向かって突き刺すようにした次の瞬間、亀頭部が陰唇を巻き込むようにして嵌《は》まり込み、

「くうぅぅ……！」

美枝子は顔を大きくのけぞらせた。

半分ほど入った状態で、ゆったりとディルドーを抜き差しする。

右手でディルドーを押し込みながら、左手を口に添えて、あふれでる喘ぎを押し殺している。

「はうぅぅ……！」

眼下に信じられない光景が繰り広げられていた。

美人妻は足をM字に開いて、その中心に長大なマラを深々と呑み込んでいる。

そして、ゆったりと抜き差ししながら、洩れそうになる女の声を手の甲を噛んでこらえている。

と、美枝子がU字の襟元から手をすべり込ませた。じかに乳房をつかんで、こうしてほしいとでも言うように荒々しく揉みしだき、

「ああ、ぁああ、いい……いいのよぉ。くうぅぅ」

気持ちよさそうに顎をせりあげた。

(飢えているんだな。ダンナにやってもらえないから、疼きまくっているんだろ。こんなきれいな顔してるのに……)

竜星の勃起を握る指におのずと力がこもってしまう。

美枝子が浮かせていた足をシーツに置いて、踏ん張った。右手で忙しくディル

ドーを抜き差ししながら、乳房を揉みしだき、

「ぁああ、ぁあああぁぁぁ……」

　大きく顎をせりあげる。

3

　ドン――ッ！

　無我夢中で肉棹をしごいたとき、梁についていた手がすべった。

（イキそうだ。ああ、こいつを入れたい！）

　天井板を叩くその音が、竜星には死刑宣告にも聞こえる。

　とっさに隙間から覗くと、美枝子がびっくりしたように動きを止めて、天井を見あげていた。

　体がこわばった。血の気がすーっと失せていく。

　どうやって切り抜けたらいいのか、すぐには思いつかなかった。

　だが、ここにいては、ダメだ。

　小動物が立てるような物音ではなかった。このままでは、美枝子は絶対に警察を呼ぶ。

竜星は金縛り状態をみずから解いて、梁を出口に向かった。

多少音がしても、かまわない。

和室の上まで来て、天井板をずらした。

置いてあった荷物を持ち、開口部から押入れに降りた。

押入れの襖を開けて、畳に飛びおりたとき、和室の明かりが点いた。

ハッとして見ると、白いナイティ姿の美枝子が立ち尽くしていた。

その手には、ケータイがあり、今にも通報されそうだった。

竜星が距離を詰めると、美枝子が逃げようとした。

竜星は後ろからせまって、ケータイを奪い、そして羽交い絞めした。

振りほどこうとする美枝子の両肩を背後から抱えながら、言った。

「怪しい者じゃない。危害は加えない。寝るところがなくて、ここをネグラにしていたら、あなたが来たので天井裏にあがった。何も盗っていないし、あなたをどうにかしようという気持ちはない」

信じたのかどうかはわからないが、多少真実味を感じてくれたのだろう、美枝子が言った。

「じゃあ、出て行って。このまま、出て行って。そうしたら、警察に訴えることはしません」

最初、竜星はそうしようと思った。

だが、このとき美枝子の肉体からは発情した女の放つ独特の臭気が匂い立っていた。股間に触れている豊かな尻が、腕に感じるしなやかな乳房の弾力が竜星の理性を狂わせた。

ついさっき目にした、張形で昇りつめかけていた女のあられもない姿がよみがえってきて、下腹のものが一気に怒張した。

「その前に、寝室に行こう」

「えっ……?　ちょっと……」

羽交い締めしたまま、いやがる美枝子を引きずっていく。

「ちょっと……警察に言いますよ」

と、抵抗するミエコを寝室に連れていき、ベッドに押し倒して、馬乗りになった。

優美な顔を引き攣らせて、顔面蒼白の美枝子の両手を、万歳の形に押さえつけた。美枝子が怯えた顔で言った。

「さっき、危害は加えないと言ったでしょ?」

「オナニーでイキそうになっていた女を放っておくのは、失礼だろ。デカい張形ぶち込んで、イキそうになってたくせに。最初からずっと見てたんだ」

一気に畳みかけると、美枝子は自分のしていたことを思い出したのか、羞恥の色を浮かべ、耐えられないとでも言うようにきゅっと唇を噛みしめる。

「名前、美枝子らしいね」

言うと、美枝子はどうして知っているのという顔をする。

「知ってるんだよ。いろいろとね。あんたがダンナと喧嘩して家を飛び出してきたことも」

「……電話ね。電話を聞いていたのね……そうか、留守電も再生されていた。あなたなのね、あなたが留守電を聞いたのね」

「ああ……だから、あんたは俺に逆らえない」

竜星は枕元に転がっていた肌色の張形をつかんだ。両膝で肩を押さえつけておいて、ディルドーを見せつける。

「ほら、まだこんなにネトネトじゃないか。口を開けろよ」

「こんなことして、後悔するわよ。今なら、間に合う。警察には言わないから、出て行って。お願い」

「いいから、言うとおりにしろよ。持ってるぞ、あんたの写真。ダンナに撮られたのがあるだろう。縛られて、犯されてるやつ」

身に覚えがあるのだろう、美枝子の顔がこわばった。

「ダンナの引出しで見つけたんだよ。今、俺が持ってる。あれをネットに流出させてもいいんだ」

恫喝《どうかつ》をかけると、美枝子が眉根を寄せて、それは困るとばかり強く首を左右に振った。

「他にもいろいろと秘密を握っている。あんたのダンナの破廉恥ハメ撮り映像とか、引出しに隠してあったよ……知ってるか？　あんたのダンナ、会社の若い女とやってるぞ。しかも、かなりのヘンタイチックで、他人が見たら唖然とするやつ……」

そこまで言って、表情をうかがう。

美枝子は驚くことはなく、むしろ悔しそうに唇を真一文字に結んだから、おそらく夫の不倫には気づいていたのだろう。

家を飛び出したのも、そんな事情が背景にあるのかもしれない。

「言うことを聞け。そうしたら、二人の秘密の流出はしない。約束する。あとで写真を返してやる……咥えろよ。自分が汚したものだろ？」

蜜にまみれた張形を唇の狭間にあてる。

自分がこんなことをしつつあるのが、どこか信じられない。だが、何か大きな力が働いて、理性が麻痺している。

(この女がいけないんだ。男をサディスティックにする魔力がある)

力を加えると、唇がほどけて、大型ディルドーが途中まで潜り込んだ。

美枝子は、形のいい唇をOの字に開き、つらそうに眉根を寄せながらも、されるがままになっている。

その、怯えつつも、どこか男の劣情をかきたてずにはおかない姿を見ていると、この女をもっと貶《おとし》めたいという黒々とした欲望が体中にふくれあがってくる。

大型ディルドーを強引に出し入れすると、涎のような粘液がすくいだされて、口角から滲んできた。

そして、美枝子はいやいやと時々顔を振りながらも、どこか男を誘うような媚態をたたえているのだ。

(何て女だ、いやらしすぎる！)

張形の角度を変えると、亀頭部が頬の内側を擦って、片方の頬が丸くふくらみ、それが移動する。

自分がどんな醜い顔になっているかがわかるのだろう。美枝子は薄目を開けて竜星を、もうやめて、という顔で見る。

その許しを乞うような、哀切な女の表情が、竜星の内に潜む感情をかきたててくる。

「自分で持って……そうだ。そのまま咥えているんだぞ」

竜星はシリコンの疑似男根を握らせ、体をずらして、右手をナイティの裾へと差し込んだ。

「ううっ……！」

美枝子がとっさに太腿をよじりあわせる。

ぎゅうと締めつけられた太腿をこじ開けるようにして、右手を奥に届かせると、指腹にぬるっとした肉襞がからみついてくる。

「やめて！」

張形を吐き出したミエコが、竜星の右手をつかんで外そうとする。

爪が腕に食い込んで、その痛みが竜星を切れさせた。

気づいたときは、右手で顔面を平手打ちしていた。パーンと乾いた音が立ち、ミエコは空白状態に置かれてでもいるように表情が飛んだ。

ハッとして、竜星は自分の右手を見る。

女を叩いたことなど生まれて初めてだった。

男のなかには暴力を振るうことに密かな快感を覚える者がいるが、竜星には後悔だけが残った。

打擲された左頬を押さえて、美枝子が「うっ、うっ」と嗚咽《おえつ》しはじめた。

「……ぶたないで。ぶたないで……」

ぶるぶると震えはじめた。

「暴力は振るわないで。やさしくして……やさしく……」

まるで子供に戻ったような顔になって、涙目で訴えてくる。

(この女……)

竜星はその怯えた表情に、ただたんに今頬を打たれたからという以上の何かを感じ取っていた。

(もしかして、美枝子はあのダンナからDVを受けているんじゃないか)

あの映像を見る限り、矢島はサディストだ。DVをやりかねない。

だとしたら、救いの手を差し出すべきだ——。

「わかった。もうしないから、安心して」

さっきまでのサド的な昂りが消えて、いたわろうという気になっていた。上からそっと抱きしめた。

抱き心地のいい身体だった。柔軟な肢体がしなりながら、密着してきて、まるで自分の一部になったようだ。

凍えきった身体を体温で温めるように静かに抱きしめていると、震えが徐々におさまった。

そして、体の下で女体がうごめきはじめた。

喘ぎが洩れて、腰が微妙に揺れ、下腹部がせりあがってくる。

「ぁああ、ぁあああぁ……」

(なんて、エロい女だ)

右足を左右の太腿の間に添えると、ナイティの張りついた下腹がぐぐっと持ちあがり、太腿に擦りつけられ、恥骨の硬さが伝わってくる。

そして、美枝子は両手を竜星の背中にまわして、ぎゅっと力を込める。

(侵入者に身体を奪われようとしているのに、腰をくねらせている)

たまらなかった。

額にかかるほつれた髪をかきあげてやると、美枝子はじっと見あげてくる。その男にすがるような、頼むような目に、魂が奪われていく。

顔を寄せると、美枝子は目を瞑った。

唇を重ね、舐めてやる。

赤い唇が唾液でまみれて妖しくぬめり、その唇が開いて、赤い舌がおずおずと突き出されてくる。

舌先で舌先を突つき、横揺れさせると、美枝子も同じように舌を横に振って応える。

(どうして、こんなに従順に応えてくれるのだろう?)

諦めて、言いなりになっているだけなのだろうか?

いや、違う気がする。美枝子はいやいややっているようには見えない。心の底から、男を欲しがっているのだ。身も心も、今、竜星を求めているのだ。

夫とのぎくしゃくした関係が、こうさせているのかもしれない。だが今の竜星には理由など二の次だった。ただただこの艶《なま》めかしい肉体をとことん貪りたかった。

唇の重なる部分がひろくなって、二人は口を開いたまま、互いの舌を貪り吸った。

女の細いがよく動く舌が、口蓋《こうがい》をなぞり、さらには、舌の下に潜り込んでちろちろと躍る。

美枝子は舌をからめながら、背中を撫でてくる。その手が腰から尻へとおりていく。

ズボン越しに尻の狭間をスーッ、スーッとなぞられると、ぞわっとした戦慄が背筋を這いあがってきた。

竜星は唇を離し、顎から首すじへと舌をおろした。

「ぁああ……あっ……」

美枝子は鋭敏に反応して、顎をせりあげる。

ほっそりした首すじは危うさと繊細さに満ちていて、喉の反り方がひどくエロティックで、男の獣性をかきたててくる。

悩ましい曲線を示す首すじの底に、左右対象の鎖骨が浮きでて、その突き出た貝殻骨に沿ってキスをすると、

「あっ……あっ……」

美枝子はビクッ、ビクッと震えて、洩れそうになった声を右手の甲を噛んで、こらえた。

その危うい官能美に見とれながら、ワンピース型のナイティを裾からまくりあ

げて、腕から抜き取っていく。

いったん持ちあがった髪が落ちて、あらわれた裸身に、息を呑んでいた。

抜けるように白い肌をしていた。そして、スレンダーであるがゆえに、形よくふくらんだDカップほどの乳房がいっそう官能的で、削がれたようにほっそりしたウエストから急峻な角度で腰が張り出していた。

ピンクがかった乳暈からせりだした乳首、下腹部の繊毛――。

こんなエロい身体にお目にかかったのは、初めてだった。

美枝子が恥ずかしそうに胸を両手をクロスして隠した。その仕種がまるでこの手を外してと言っているようで、竜星は両腕をつかんで、シーツに万歳の形で押さえつける。

「ぁああ、いやっ……」

美枝子が顔をそむけた。

そういった所作の一つひとつが男のなかに潜むサディズムをくすぐってくる。

たまらなくなって、乳房の頂にしゃぶりついていた。

「あうっ……やさしくして、お願い……やさしくして」

美枝子は顔をこちらに向けて、今にも泣きだしそうに眉根を寄せて、哀願してくる。

竜星は、マイナスネジのように縦に窪みのある突起を、下から上へと舌でなぞり、また下から舐めあげていく。それを繰り返すと、乳首が勃ち、マイナスの窪みもなくなって全体が円柱のようにふくらんできた。

今度は舌先で横に弾くと、

「あっ……あっ……はうぅぅぅぅ」

美枝子は顎をぐぐっとせりあげて、身をよじる。

乳首を頬張り、なかでくちゅくちゅと揉みほぐした。舌であやして、吸いあげながらしごくように吐き出すと、

「ぁあああぁぁぁ……」

美枝子は頭上にあげた手でシーツを鷲づかみにして、顔をのけぞらせる。

竜星はもう一方の乳首も同じように舌でもてあそび、同時に右手でもう片方の乳首をこねてやる。

カチカチにしこった乳首が舌と指で撥ねながら形を変えて、

「ぁああ、いい……それ、いいのよぉ」

美枝子はこらえきれないといった嬌声を噴きこぼして、

「あっ……あっ……」

ビクン、ビクンと肢体を震わせる。

（本気で感じてる。脅されて身体を奪われようとしているのに、本気で感じている……）

脳味噌がカッと焼けた。

竜星は左右の乳房を真ん中に集めて、近くなった乳首を吸いまくった。右の突起を吸って吐き出すと、その横にある左の乳首を頬張る。それを繰り返すうちに、尖った乳首はぬるぬるになりながらも、痛ましいほどに飛び出してきた。

「ぁああぁあ、ぁああ……いいの。いいのよ……へんになる。へんになる」

譫言のように呟いた美枝子の、下腹部がぐぐっとせりあがってくる。

そうしながらも、腕を頭上にあげて、右手で左の手首を握っている。腕はもう自由になるはずだ。

なのに、両手をくくられたかのように頭上に持ちあげている――。

おそらく、拘束状態が好きなのだ。

こうしたほうが感じるのだ。

ならば、と竜星は乳房から顔を移して、腋の下に埋め込んだ。わずかに汗の甘

酸っぱい匂いがこもっていて、

「くっ……!」

美枝子はくぐもった声を押し殺しながらも、腕をさげようとはしないのだ。

腋窩は剃毛されていたが、冬という季節のせいか、小さな斑点が腋の窪みから顔を出していて、そこを舐めると、舌に粒々を感じる。

「チクチクする。いつ剃った?」

腋の下に顔を埋めたまま訊くと、

「いや、いや、いや……」

美枝子は羞恥で顔を真っ赤にして、顔をさかんに左右に振る。

竜星は窪みを舐め、キスして、さらに、持ちあがった二の腕の内側をツーッと舐めあげた。

「はうぅぅ……」

二の腕に一気に鳥肌が立った。

だが、美枝子は決して腕をおろそうとはしない。

竜星は肘から舐めさげていき、また腋窩に舌を走らせる。そうしながら、脇腹を手でなぞってやる。

手のひらで撫であげ、それから、指先を使って刷毛ではくようように脇腹をなぞると、美枝子は悲鳴に近い喘ぎを放って、身をよじりたてた。

4

竜星はそのまま顔をおろしていき、膝をすくいあげるようにして開いて、腹につかんばかりに押しつけた。

すらりとしているが太腿は肉感的な足がM字にひろがり、その中心に縦長の陰毛とともに雌の器官が息づいていた。

「ぁああ、いやよ、いや、いや……よして、お願いよぉ」

美枝子が顔を持ちあげ、こちらを見て、首を左右に振る。

その所作が、また、竜星のサディズムを煽りたてる。

「あんたはさっき、ここに自分の手で張形をぶち込んでるところを、見られてるんだぞ。いまさら恥ずかしがっても、遅いんだよ」

言うと、美枝子は自分のしたことを思い出したのか、耐えられないとでもいうように、激しく首を左右に振った。

「いやらしいオマ×コだ。ぬるぬるしたやつがあふれてる。飢えてたんだな。ダンナはしてくれないのか？」

「……」

美枝子は顔をそむけて答えない。

「やっぱり、そうなんだな。俺が飢えを満たしてやるよ」

竜星はガバッと股間に顔を埋めて、肉びらと狭間にまとめてしゃぶりついた。

くにゅくにゅしたものを甘噛みし、一転して繊細に狭間をツーッと舐めあげる。

さらに、上方の莢《さや》に包まれた肉芽に舌を躍らせる。

美枝子の気配が変わった。

「あっ……あっ……ああ、そこ……くうぅぅぅ」

陰核を刺激しながら見ると、二つの乳房の小山の向こうで、繊細な顎がいっぱいに突きあがっている。

「両手で自分の膝を持って」

美枝子は頭上で繋いでいた手を離して、左右の膝の内側をつかんだ。

言いつけを守って、足をM字にひろげた状態で引きつけているので、目の前に淫らな雌花が開き、血の色をした内部がのぞいている。

紫蘇《しそ》色の縁取りを持つびらびらの外側に、ツーッと舌を走らせる。

「はうぅぅ……そこ……」

「ここがどうした？　感じるのか？」

「ええ……感じる、感じるのよぉ」

「あんたはマゾだろ？　どＭだろ？」

「……違います」

「いや、違わない。どＭだから、犯されながらこんなに感じてしまう……そうなんだろ、認めろよ」

問い詰めても、美枝子は押し黙っている。

だが、狭間がひくひくとうごめき、孔から白濁したとろっとした蜜がこぼれて、それが彼女の答えを代弁していた。

竜星は淫蜜を啜るように下から舐めあげてやる。

無糖のヨーグルトみたいな味がして、わずかに発情した匂いが鼻孔にしのびこみ、つづけてそこに舌を走らせると、

「あっ……あっ……」

美枝子はビクッ、ビクッと下腹部を躍らせる。

葛湯のような蜜をたたえた狭間にしゃぶりつき、膣口に丸めた舌を押し込んだ。

こもっている肉の匂いを吸いながら、抜き差しをする。

そうしながら鼻柱で、上方の肉芽を擦ってやる。

「ぁあんん、あんん……いやよ、いや……はぁああん」

これまでとは違う声を洩らして、美枝子はもっと深くにとばかりに、ぐちゃぐちゃになった膣口を押しつけてくる。

その女の本性を剝き出しにした行為が、竜星を獣にさせる。

顔をあげて、ズボンとブリーフをおろし、足先から抜き取った。

さらさらの黒髪をつかんで引きあげると、美枝子は猛りたつものに視線を投げながら、竜星の前に座る形になった。

「咥えろよ」

思い切って、命じた。

美枝子はとろんとした目で、臍《へそ》に向かって聳え立っている肉棹を仰ぎ見るようにしていたが、やがて、裏筋を舐めあげてくる。

いきりたちの先を握って腹部に押しつけ、裏側の縫目に沿って舌を這わせた。

それから、姿勢を低くし、見あげるようにして、皺袋にちろちろと舌を走らせる。

(こんなことまで……!)

侵入者の睾丸まで舐める人妻に、竜星は頭の芯が痺れるような昂奮を感じた。

いったん喫水線《きつすいせん》を超えるととことんまで行ってしまう性格なのだろうか?

だが、皺の一つひとつを伸ばすかのように丹念に袋に舌を這わせながら、潤みきった瞳で見あげてくる美枝子は、男を狂わせる魅力にあふれていた。

と、美枝子が片方の睾丸を頬張ってきた。

口いっぱいにおさめ、なかで舌をねろねろと打ちつけてくる。

ちゅるっと吐き出して、もう一方の睾丸も口に含んだ。舌をからませ、唇で適度な圧迫を加えながら、右手で握った肉棹を縦にしてゆったりとしごいてくる。

親指が亀頭冠の真裏の敏感な箇所にあてられ、そこをすりすりと擦っている。

気持ちよすぎた。

そして、この恩恵を与えてくれているのは、そのへんの商売女ではない。

社長夫人なのだ。

品のいい令夫人が、醜悪な睾丸を愛しそうに頬張り、目を細めて、竜星を見あげている。

いきりたつ肉柱が、ビクン、ビクンと頭を振った。

「もういい。本体のほうを」

訴えると、美枝子は名残惜しそうに睾丸を吐き出して、裏筋をツーッと舐めあげてきた。

そのまま上から本体に唇をかぶせ、ずりゅっ、ずりゅっとしごきたててくる。

いったん吐き出して、肉棹を握って位置を調節し、亀頭冠の筋に小刻みに舌を走らせる。尿道口を開いて、そこに唾を落とした。

溜まった唾をその口に塗り込むように舌でなぞり、あまった唾を亀頭全体に伸ばした。

亀頭冠に沿ってぐるっと舌を一周させる。

また頬張ってくる。

手を離して、ぐっと一気に奥まで呑み込み、陰毛に唇を接した状態で喉を締めて亀頭部を圧迫してくる。

「おおぅ、おおぉぉ……」

これほどに巧みなフェラチオは経験がない。夢を見ているのではないか、とじっと美枝子の口許を見る。

やはり、現実だ。これは夢でも妄想でもない。

美枝子が本格的なフェラチオに移った。

両手で竜星の腰を引き寄せ、顔を打ち振って、ずりゅっ、ずりゅっと柔らかく唇でしごきたててくる。

適度な圧迫がすべり動き、そして、亀頭冠を中心に短いストロークで唇を往復されると、射精しそうになって、

「もう、いい！」

とっさに腰を引くと、抜き取った肉棹が頭を振った。

そして、見あげる美枝子の瞳は、とろんとしていながらも、女の情欲がその奥で燃え立っているように、切羽詰まった欲望の色をたたえていた。

もう、一刻も我慢できなかった。

（この女を貫きたい――）

美枝子を押し倒して、膝をすくいあげた。

狙いをつけて一気に打ち込むと、硬直が狭い肉路を押し広げる確かな感触があって、

「はうぅぅ……！」

美枝子が顎を突きあげながら、両手でシーツを鷲づかみにした。

ほぼ同時に、竜星も奥歯を食いしばっていた。

そうしないと、すぐにでも射精してしまいそうだったからだ。

ただ挿入しているだけなのに、とろとろに蕩けた肉襞がざわめくようにして硬直にまとわりつき、入り口の内部の二カ所がきゅ、きゅっと締まる。

気持ちよすぎた。

こんなに感受性が豊かで、膣の具合もいい女と結婚しているのに、なぜ矢島はあんな女たちと浮気をするのか?

「ああ、抱いて……」

美枝子が両手を差し伸べてくる。

竜星は覆いかぶさっていき、右手を肩からまわし込んで、ガシッと抱き寄せた。衝撃が逃げないようにして腰を躍らせると、合わさった胸の下で乳房が揺れ動いて、

「あっ……あっ……あっ……」

美枝子は喘ぎ声をスタッカートさせて、ぎゅっとしがみついてきた。

腕ばかりか足まで、竜星の体にからみつけて、耳元で「あっ、あっ」と喘ぐ。

竜星はふたたび唇を重ね、貪るようにキスを浴びせ、舌をからませた。

すると、美枝子も声をくぐもらせながら、竜星の舌を頬張るようにして、キス

に応える。

ぐいぐい打ち込むと、

「ぁあぁぁ……くうぅぅ……あっ、あっ……いいの。いいのよぉ」

キスをしていられなくなったのか、美枝子は唇を離し、顔をいっぱいにのけぞらせて、両手でシーツを掻きむしった。

その間も、美枝子の体内はうごめくように硬直にまとわりつき、ひと刺しするたびに、蕩けるような快美感がひろがってくるのだ。

暴発しかけて、竜星は律動を止め、乳房を揉みしだいた。

湧きあがる愉悦をぶつけるように、たわわな房を荒っぽく揉み、そして、背中を曲げてしゃぶりついた。

尖りきっている乳首に舌を走らせ、弾く。

吸いついて、吐き出し、また吸いつく。

それを繰り返すうちに、美枝子は突いてほしいとばかりに、下腹部をせりあげて、濡れ溝を擦りつけてくる。

じっくりと責めて、ダンナ以上の悦びを感じさせたい――。

密かにそう思っていた。だが、美枝子の体内の迎え撃つような淫らな動きに、さしせまった欲望が込みあげてきた。

どうあがいても、もう長くは持ちそうになかった。

竜星は上体を立てて、美枝子の膝の裏をつかんで押し広げながら、腹に押しつけた。

尻が少し浮いて、膣と肉棹の角度がぴたりと合った。

その姿勢でたてつづけに腰をつかうと、反り返った硬直の頭が膣の天井を擦りあげ、それがいいのか、

「ぁああ、あああああ、いいのよぉ……イクわ……もう、イッちゃう……ぁああぁぁぁぁぁ」

美枝子が口のなかがのぞくほどに開いて、唇を痙攣させた。

竜星も追い込まれていた。

「おおぉ、出すぞ。出る！」

「ぁああ、ちょうだい。ちょうだい……」

打ち込むたびに、双乳をぶるぶる揺らして、美枝子が今にも泣き出さんばかりの表情で訴えてくる。

膣がびくびくっと収縮して、そこを押し広げるように屹立を打ち込むと、甘い

疼きが逼迫《ひっぱく》したものに変わった。

「おお、おおぉぉ……」

持てる力をすべて使い果たそうと、遮二無二なってえぐり込んだ。

「あんっ、あんっ、あんっ……壊して、めちゃくちゃにして……ああ、それ。イクぅ、イク、イク、イっちゃう！」

美枝子が開いた両手で、シーツを指が鉤形になるまでつかんだ。

「そうら、イケよ。そうら……おおぉぉぉ」

吼えながら叩き込むと、、

「イクぅ……やぁあああぁぁぁぁぁぁぁぁ、はうっ！」

美枝子がのけぞりながら、甲高い嬌声をあげた。

仄白い喉元をさらした格好で躍りあがる美枝子を見ながら、駄目押しの一撃を深いところに届かせたとき、竜星にも至福が訪れた。

赤く焼けたどろどろの溶岩流が迸《ほとばし》る絶頂感に、身も心もどこかに連れ去られていくようだ。

射精の歓喜が脳天にまで突きあがり、腰がカクッ、カクッと勝手に動いている。

出し尽くしたときは、からっぽになったような気がして、震えながら女体に覆いかぶさっていた。

荒い呼吸がちっともおさまらない。

激しく胸を上下動させながら、かろうじて、肘をついて体重がかかるのをふせぐ。

汗ですべる二つの乳房の弾力が伝わってきて、その静かな息づかいを感じる。美枝子は目を瞑って、腕を投げ出したまま、エクスタシーの余韻に耽っている。

ととのった顔はまるで憑《つ》きものが落ちたように平穏で、竜星はその気品を取り戻した美貌に見とれていた。

第三章　秘部撮影

1

　翌日、竜星は美枝子の運転するアウディの助手席に乗っていた。ラゲージスペースにはスーパーマーケットで買いだめした食料が山のように積まれている。

　昨夜、一回戦を終えた竜星は、しばらくするとまた欲望が湧きあがってきて、ふたたび美枝子を抱いた。

　美枝子も自制心の箍《たが》が外れてしまったのか、二度、三度と昇りつめた。

　終えて、竜星がこの別荘を出ようとすると、美枝子に引きとめられた。

『しばらく誰も来ないわ。少しでいいから、一緒にいてくれませんか？』

『でも、ダンナがあなたのあとを追ってくるんじゃないの？』

『今はビジネスから手が離せないから、来ません。居場所さえつかめていれば、彼は心を乱されることはない。彼にとって一番いやなのは、自分の心を乱されることなの。仕事で冷静な判断をくだせなくなるから……彼はここに来るときは必ず連絡を寄こす。そういう人なの……あなたも行くところがないんでしょ？　賄《まかな》い付きで別荘に滞在できるんだから、いいんじゃない？　お願い、ひとりではいやなの。少しでいいから、一緒にいて』

そう言って、美枝子はすがるような目で、腕を握ってきた。

身元もはっきりしない侵入者に身を任せたばかりか、しばらく一緒にいてくれ、と言う人妻に、正直なところ少し違和感を覚えた。

それ以上に、もしもダンナが来たら、たとえどんな言い訳をしようとも警察に突き出されるのは明らかだった。

危険だと感じた。だが、頭がおかしくなるほどに気持ちよかったセックスが、体にしっかりと刻まれていた。

竜星は自分がなぜここにいたのかを、一切の隠し事なしで話し、それから、美枝子のことを訊いた。

と、美枝子も竜星が包み隠さずに告白したことを感じ取ったのか、自分と家族のことを話してくれた。

夫の矢島直行《なおゆき》は五十五歳で、経営コンサルタント会社の代表取締役をしている。

企業の合併なども手がけ、ときには、一挙に数億のお金が入るらしい。

そして、想像したとおり、息子は矢島が前妻に生ませた子供だった。

五年前、その会社で事務をやっていた美枝子は矢島に見そめられて、その二年前に離婚していた矢島の後妻として矢島家に入った。

矢島家は東京の一等地にあり、両親はすでに養老ホームに入っていて、豪邸には父と息子と美枝子が住んでいる。

息子の和毅《かずき》は、今は東京の大学の一年生で、ここにある家族写真は四年前に撮ったものだった。

美枝子が家を飛び出してきたのは、直行にまた新しい女ができたことが発覚したからで、直行は社長という地位を笠に着て、次から次と会社の女に手をつける。

そして、美枝子がそのことをなじると、暴力を振るうのだと言う。

こうやって家を開けても、お手伝いさんを雇っているから、食事や家事は、任せておけば大丈夫らしい。

身の上話を聞き終えた頃には、竜星のなかから、ここを出ようという気持ちは消えていた。

美枝子は気心が知れたせいか、竜星の腕枕で深い眠りに落ちていた。その安心したような寝顔を間近で見て、竜星は胸の奥が熱くなるのを感じた。

たった一晩で、人は恋に落ちるのだ——。

ひさしぶりにぐっすり寝た竜星は、人の気配で目を覚ました。

ハッとして見ると、すでに着替えた美枝子が三面鏡の前で化粧をしていた。

『おはよう!』

鏡越しに挨拶をされて、

『……おはよう』

と、竜星も挨拶を返す。それだけで、幸せな気分になった。

『ねえ、竜星。食料がないの。買い出しに行かない?』

名前を呼ばれて、面はゆくなったが、悪い気持ちではなかった。

『いいけど……二人が一緒のところを見られると、まずいんじゃないの? 俺、バイクで来てるから、買ってくるよ』

『バイクはどこに停めてあるの?』

『隠してあるから、大丈夫』

『でも、買い出しはわたしがいたほうがいいと思うの。二人乗りのバイクじゃあ、買ったものを運べないでしょ? 買いだめするから、荷物は多くなるし……わたし、車で来てるから』

『だけど、二人でいるとこを見られると……ミ、美枝子さんがまずいでしょ』

竜星も、名前を呼んでみた。

恥ずかしいが、二人の距離が詰まった気がした。

『大丈夫よ。竜星はわたしの弟ってことにしておくから。実際に弟いるのよ。たぶん、誰も訊いてこないとは思うけど、一応そういう関係にしておきましょ。いい？』

『わかった。美枝子さんがいいなら。俺もそろそろ外に出たかったしね』

『決まりね。じゃあ、三十分後に出ましょう。それまでに、竜星も用意をして』

『わかった』

昨夜は竜星が主導権を握っていたはずだが、一夜明けると、二人のリーダーは美枝子に変わっていた。

七歳年上であるし、そのことを竜星はいやだとは感じなかった。むしろ、彼女の『弟』であることに居心地のよささえ感じていた。

そして、二人は美枝子の運転する中型のアウディで、旧軽井沢の街にあるスーパーマーケットへ行き、大量の食料を買って、帰路についた。

タイトな膝丈のスカートからのぞくすらりとした足で、アクセルとブレーキペダルを交互に踏みながら、美枝子はカーブの多い坂道を巧みに車を走らせる。想像していたより、運転が上手く、きびきびした走りをする。

運転は人柄をあらわす。その点から考えると、美枝子はたんに夫の支配に耐え忍んでいるだけの女ではなさそうだった。

美枝子は車中では、カシミアのコートを脱いでいた。襟の深く開いた、フィットタイプの白いニットが胸の甘美なふくらみを強調し、タイトスカートから突き出た足は黒のパンティストッキングの光沢を放って、その足が機敏に動くのを見ていると、男の欲望がぞろりとうごめいた。

この女は清楚な雰囲気を持ちながらも、男の劣情をかきたてずにはおかない何かを秘めている。そして、竜星は光に集まる虫のように惹き寄せられてしまう。

平坦な道に出たところで、竜星は右手をスカートに伸ばした。日本仕様でハンドルは右側についている。

スカートの張りつく太腿を撫でると、美枝子が前を向いたまま言った。

「ダメよ。事故ったら大変」

「どこかに停めればいいさ。見てると、むらむらくるんだ」

竜星は右に上体を傾けて、スカートのなかに手を入れ、太腿の内側を撫でさすった。ぬめっとしたパンティストッキングの質感とともに、むっちりと張った太腿のしなりを感じる。

美枝子の足が少しずつひろがっていき、竜星は左右の太腿の奥へと指を届かせた。ぐにゃりと柔肉が沈み込むのを感じて、

「んっ……」

美枝子はハンドルを握ったまま、一瞬顔をのけぞらせ、

「ダメよ……ほんとうにダメ」

困ったような顔をした。

「ダメと言われるほど、したくなるんだ」

右肩を入れて、逆手で股間を撫でた。スカートがたくしあがり、充実した女の太腿がほぼ根元まで見えていた。

黒のパンティストッキングの薄くなった部分から、肌色が透け出ていて、それが劣情を煽る。

美枝子は車を走らせながら、左右を見ていたが、やがて、唐松林へと入る小道を見つけて、ブレーキをゆるやかに踏み、ハンドルを切った。

幹線道路から三十メートルほど入った林のなかで、車を停めた。密集して、天に向かって真っ直ぐに聳え立った松が午後の陽光を遮って、周囲は薄暗かった。

美枝子はエンジンは切らずに暖房を効かせた状態で、竜星を見た。

「あと少しで、別荘に戻れるのに……」

「今、美枝子さんが欲しいんだ」

ニットの肩を抱き寄せてキスをすると、美枝子もそれに応えて、貪るように唇を重ねてくる。

「待って……」

美枝子はいったん唇を離して、シートベルトを外した。それを見て、竜星もバックルを外すと、シートベルトがシュルルッと吸い込まれていく。

ふたたび美枝子を抱き寄せ、ニットの胸を揉みしだいた。

「そんなに、わたしが欲しいの?」

「ああ、欲しい。今すぐ美枝子さんが欲しい。待てないよ」

白いニットに包まれた右手が竜星の股間に伸びてきた。

ジーンズのふくらみをもどかしそうに撫でさすっていたが、唇を離して、ファスナーをおろそうとする。

竜星は自分からベルトをゆるめ、腰を浮かして、ジーンズをブリーフとともに膝まで引きおろす。

さがるはなから頭を振って飛び出してきた屹立を、美枝子は頼もしそうな目で見つめ、そして、右手で握った。

さっきまでハンドルを握っていた指で分身をしごかれるたびに、それが充実してくる悦びが下半身に溜まってくる。

美枝子は身を乗り出すようにして、竜星と唇を重ね、舌を押し込みながらも、屹立をきゅっ、きゅっとしごいてくる。

気持ちがよすぎた。

と、美枝子の顔がさがっていった。

ドライバーズシートから身を預けるようにして、肉棹の根元を握って擦りながら、先端を口に含んで素早く上下に唇をすべらせる。

「くっ……！」

充実しきった分身が蕩けていくような快感が、下腹部から急速にひろがってきて、その熱さが竜星を焦がす。

垂れ落ちた髪の毛が、美枝子が顔を打ち振るたびに太腿に触れ、その触れるかどうかのタッチで鳥肌が立つ。

「おっ、あっ……」

竜星は上下する頭に右手を添えて、天井を仰いでいた。

たちまち暴発しそうになって、美枝子の頭を押さえて動きを止めた。

すぐに、美枝子が肉棹を吐き出して、言った。

「いいのよ、竜星。口に出して」

「いやだ。せっかくあなたがいるんだから、美枝子さんのなかに出したい。もったいないよ」

言うと、美枝子は身体を戻して、スカートのなかに手を入れ、パンティストッキングとシルバーグレーのパンティをおろし、足先から抜き取った。

「ゴメンなさい。シートを一番奥までずらして、倒してくださる」

うなずいて、竜星はシートをずらし、さらに、横のレバーを引いた。

ガクッ、とリクライニングシートがほぼ水平まで倒れて止まり、美枝子はドライバーズシートから苦労しながら助手席に移ってきて、シートとダッシュボードの間にしゃがみ込んだ。

慣れていると感じた。

おそらく、夫の直行があの性格だから、同じようなことを美枝子に強いたのだろう。

ＤＶＤで見た直行の顔が浮かんできて、社長と無職である自分とのあまりの格差に一瞬めげたが、いや、俺はあんなやつには負けない、と気持ちを奮い立たせた。

美枝子は暖房で曇っているウインドーから、ちらりと外を見て、人影がないことを確認すると、竜星のズボンとブリーフを足先から抜き取った。

薄暗い車中で、剝き出しの下半身から肉柱がそそりたっている姿は、自分で見ても滑稽で生々しかった。

美枝子は肉棹を握って下腹部に押しつけ、裏を見せるそれの縫目を根元からツーッ、ツーッと舐めあげてくる。

頭を振る屹立を上から頰張って、二度、三度と唇をすべらせると、シートに倒れている竜星に身体を重ねてきた。

キスをしながら、下腹部の屹立をつかみ、女の園になすりつけた。美枝子のそこはすでに充分に潤っていて、ぬるっ、ぬるっと切っ先がすべった。

それから、ルーフにぶつからないように気をつけながら上体を持ちあげて、腰を沈ませてくる。

濡れそぼった熱い滾《たぎ》りが硬直を包み込んできて、

「くっ……！」

美枝子は声をあげながら、屹立から手を離して、その手で竜星にしがみついてくる。

「うっ……」

と、竜星も奥歯を食いしばっていた。

車中で感じる女の祠《ほこら》はまた格別で、蕩けきった粘膜がひたひたとからみついてくるのをいっそう艶めかしく感じる。

美枝子は腰を波打たせて、

「ぁああ……あなたを感じる。竜星を感じる……気持ちいいの。あなたとするとすごく感じる……恥ずかしいわ。わたし、いつもはこうじゃないのよ」

そう言って、上からとろんとした目で竜星を見る。

「俺だって……俺だって、美枝子さんとすると全然違う」

「よかった。あなたと逢えて……ぁああ、いや、いや……腰が勝手に動くの。いやでしょ、こんなあさましい女、いやでしょ？」

不安げに見おろしながらも、美枝子の腰は動きつづけていた。

肩までのウエーブヘアが揺れ動いてととのった顔にほつれつき、ニットの胸元から乳房の谷間がのぞいている。

たまらなくなって、ニットをまくりあげ、首から抜き取っていく。

いったんあがった髪が、肩紐の走る両肩に枝垂《しだ》れ落ちた。

上にコートをはおっていたせいか、ニットの下はブラジャーだけだった。

シルバーグレーの大人びた、刺しゅう付きブラジャーをたくしあげると、ぶるんっと白い乳房がこぼれでた。

「ああ……こんなところを人に……」

「大丈夫。ガラスが曇ってるから、外からは見えない」

あらわになった乳房は上の斜面を下側のふくらみが持ちあげた、男をそそる形をしていた。

細身のせいか、いっそうたわわで、いやらしく映る乳房を手で揉みしだいた。

左右の房を持ちあげるようにして指を食い込ませると、柔らかな肉層が指にまとわりつき、張りつめた乳肌が指の間からはみだす。

粒立つ乳暈からせりだしたセピア色の突起を指でこねると、

「あっ……あっ……ぁぁ、いや……恥ずかしいわ。恥ずかしい……」

美枝子は竜星の肩を押さえつけるような格好で上体を持ちあげ、密着した下腹部をもどかしそうに揺すりあげる。

くいっ、くいっと鋭角に腰を打ち振って、しゃくりあげるように肉棹を味わうその所作が、ひどくいやらしかった。

「もっと、こっちに」

美枝子に身を乗り出させて、目の前にせまってきた乳房にしゃぶりついた。

双乳を左右の手で真ん中に集め、球体を押しつぶすようにして、左右の乳首を貪り吸った。

鶯《うぐいす》の谷渡りのように、二つの乳首を交互に吸い、舌であやし、れろれろっと撥ねる。

一方を吸っている間も、もう片方の乳首を指でこねまわした。

「あっ……あっ……ぁああ、それ感じる……恥ずかしい、恥ずかしい」

そう言いながらも、美枝子はしゃくるようにして、肉棹を擦りあげてくる。

さらさらの黒髪が両側に垂れ落ちる顔は女の官能美をたたえ、ハの字に折り曲げられた眉や半開きになった唇が、たまらなくエロかった。

竜星はこんな僥倖を与えてくれた神様に、あらためて感謝した。二十七年間の人生で、女とこれほどに素晴らしい享楽の時間を持ったことはなかったような気がする。

「ぁあぁ、もうイキそう……わたしだけイクのはいやよ。竜星、竜星もイッて。一緒よ、一緒に」

「美枝子さん、美枝子……！」

竜星は美枝子の腰をつかんで少し持ちあげ、そこに下から屹立を叩き込んだ。高級な革のシートが素晴らしいクッションで突きあげに弾みをもたらし、車もゆさゆさと柔らかく揺れていた。

「ぁあぁ、いい……あんっ、あん、あんっ……」

美枝子は頭がルーフにつきそうなほど上体をのけぞらせて、竜星の肩をぎゅっとつかんだ。二本の腕で挟まれた乳房の中心が、竜星をにらみつけていた。温かく感じる肉路をこれでもかとばかり突きあげる。ひと擦りするたびに甘美な逼迫感が急速にひろがってくる。

「美枝子、イクぞ。イク……」

「ぁあぁ、ちょうだい……イクッ、イッちゃう……くっ！」

美枝子がのけぞり返って、顎をせりあげた。

ぶるっ、ぶるっと絶頂の痙攣が走るのを感じて、駄目を押すようにもう一突きした瞬間、熱いマグマが噴きあがった。

そして、男の奔流を受け止めながら、美枝子は、

「ぁああ、温かい……」

と、幸せそうに呟き、しばらくその姿勢で震えていたが、やがて、糸が切れたようにがっくりと身体を預けてきた。

2

キッチンに立って、美枝子が食事を作っている。

竜星はリビングで点けっぱなしになったテレビを眺めながら、包丁を使うリズミカルな音を聞き、スカートに包まれた尻を時々盗み見る。

ひとりのときは閉め切っていた雨戸も今は開けられていて、代わりにカーテンが閉められている。そのカーテンの隙間からは、西日を浴びて朱色に染まった軽井沢の森が見える。

夢を見ているとしか思えない。

こんな美人の人妻が、自分のために食事を作ってくれている。

生まれて初めてのことだった。つい先日までは路頭に迷っていたのが信じられない。

もちろん、これがダンナが来れば終わってしまう、期限限定つきの危うい幸福であることくらい、わかっている。

だからこそ、少しの時間も無駄にしたくはなかった。この猶予のときをなるべく美枝子を感じて過ごしたかった。

竜星はソファを離れ、キッチンに向かう。

背後から手許を覗き込むと、

「何を作ってるの？」

「カレーよ。好きだと言ってたでしょ。作り置きができるしね」

美枝子はジャガイモを器用に包丁で剝いていた。

セミロングの髪が割れて、うなじがのぞいている。V字に切れ込んだニットの胸元から、まろやかな二つのふくらみと深い谷間が見える。

我慢できなくなって、脇のほうから手をまわして、ほっそりした胴体をぎゅっと抱きしめた。

「あんっ……ダメだって」

「いいだろ？　待てないよ」

「言っておくけど、女の人って、待ってくれてる人に、美味しいものを食べてもらおうと一生懸命調理しているのよ。それを邪魔してはダメ」

「料理より、こっちのほうがいい」

　竜星は右手で胸のふくらみをつかみ、左手をスカートのなかにすべり込ませてパンティストッキング越しに股間に手のひらを張りつかせた。

「もう……ねっ、あと十分待って。竜星のために美味しいカレーを作りたいの。ねっ……お願い」

「このままだって、できるだろ？　手は動かさないから」

「もう、しょうがない人ね」

　美枝子は呆れ果てたとでもいうように溜息をつき、残りのジャガイモを手早く剝き、三つのジャガイモをラップに包んでレンジに入れ、タイマーをまわした。

　それから、ＩＨヒーターに鍋をかけ、みじん切りにしたタマネギを放り込んで炒めはじめる。

　その間、竜星はスカートの後ろから手を入れて、パンティストッキング越しに股間を触っていた。

美枝子は怒っている気配はない。子供の悪戯を「しょうがないな」とやらせている感じだ。

美枝子は鶏肉とニンジンを入れてかるく炒め、水を足して、蓋《ふた》をした。

「これで少し待てばいいわ。ご飯もそろそろ炊けるし」

そう言って、両肘をステンレスのキッチンにつき、腰をぐっと後ろに突き出した。

竜星は背後にしゃがんで、スカートのなかに両手を入れ、肌色のパンティストッキングと濃紺のパンティを引きおろした。美枝子が足踏みするように脱がすのを手伝ってくれる。

フレアスカートをまくりあげ、落ちないようにウエストで止めると、あらわな尻が目に飛び込んでくる。

ショッピングから帰ってシャワーを浴び、着替えをしていた。

丸々として大きなヒップは、母性と女性性のすべてをここに集めた感じで、男を引きつける豊かさに満ちている。

釉薬《うわぐすり》をたっぷり塗られた陶器のような光沢を放つ左右の尻たぶを、下から持

ちあげるように撫でさすると、

「あっ……あっ……うん、うんん……」

美枝子は尻をかるく揺すって、抑えた声を洩らす。

悪戯したくなって、尻たぶをぐっと手でひろげ、あらわになったセピア色の窄まりに、ちゅっとキスをする。

「やっ……」

ビクンと尻たぶを引き締めて、美枝子が腰を逃がした。

「大丈夫だよ。へんな匂いはしないし、美枝子さんのここはすごくきれいだ」

そう言って、腰をぐっと引き寄せた。

強く引きつけたので、美枝子は両手でキッチンのエッジをつかみ、ストレッチをするような格好で背中をしならせ、尻を突き出す格好になった。

尻たぶの間のアヌスばかりか、その下の女の亀裂も露呈してしまい、

「いや、いや……見ないで」

身をよじって恥ずかしがる。こういうときの美枝子は一昔前の、躾《しつ》けの厳しい家庭で育った子女のようだ。

それが男心をくすぐってきて、竜星はますます尻たぶを大きくひろげてじっと

覗き込む。すると、視線を感じるのか、美枝子は「いや、いや」といっそう恥ずかしがるので、竜星も昂ってくる。

顔を寄せて、アヌスの窄まりをぺろっと舐めあげてやる。

「ひっ……！」

尻たぶをきゅんと締める美枝子。顔を押しつけて、窄まり全体を頬張るようにすると、

「ぁあああん……」

甘い鼻声とともに、美枝子の身体から力が抜けていく。

（そうか……ここも感じるんだな）

美人のアヌスというのは、形や匂いとかは関係なしに、こんな美女が排泄器官を持っているというその事実だけで男の劣情をかきたてる。

もっとも美枝子の菊の蕾は膨隆もなく、楚々として色も薄く、幾重もの皺がきれいに集合していて、美人に相応しい形をしていた。シャワーを浴びたせいか、匂いもほとんどない。

竜星は指を窄まりに近づけて、もう一度開く。

すると、皺がなくなって、やや変色した窄まりとその底の落ち窪みがあらわに

なった。尖らせた舌でその中心を突つくようにすると、

「ひっ……ひっ……やっ、ほんとうにいやなの……」

美枝子が首をねじってこちらを見た。

かまわず落ち窪みを舌先で上下に撥ね、左右に弾くと、また気配が変わってきた。

「あっ……あっ……うん……ぁああ、いや……あっ、あっ」

美枝子はがくっ、がくっと膝を落とす。

そのへっぴり腰が、たまらなくセクシーだった。

思いついて、竜星はアヌスに舌を這わせながら、その下の女の谷間に指を添えた。肉びらを押し退けて、狭間に沿って上下に指を走らせると、蕾が開くように陰唇がひろがり、内部のぬらつきが滲んできた。

ぬるっ、ぬるっとした蜜の感触が、指を愉しませてくれる。

そして、美枝子は「ぁあああぁ」と糸を引くような喘ぎを伸ばして、ガクッ、ガクッと膝を折る。

竜星は再度尻たぶを両手でひろげて、アヌスから女の園へと舌をおろしていく。

左右の肉びらがひろがって、赤みをのぞかせるそこは、肉襞が薔薇のように入

り組んでいて、舌を上下に動かすと、おののくようにしてうごめき、

「ぁあぁ、ぁあああ、おかしくなる……おかしくなっちゃう」

もうたまらないとでも言うように、発達した尻がくねりはじめた。

小陰唇と大陰唇の間をツーッ、ツーッと舐めると、

「ぁあああん……そこも感じる」

美枝子は切なげに腰を横揺れさせた。

美しい人妻が自分の愛撫でこんなにも感じてくれる――。

これほどまでに、性感の昂りをあらわにしてくれる女はいなかった。

竜星は肉びらを指で揉みくちゃにしながら、下方で息づく肉突起を舌先でちろちろとくすぐる。

やはり、陰核は特別なのだろう、美枝子はビクッ、ビクッと強く身体を震わせて、さっきまでとは違う、身体の底からの喘ぎをこぼした。

「ぁああ、ああ……くっ、くっ……」

細かい震えが内腿を波打たせ、その震えがどんどんひろがっていく。

ポリープにも似た赤い突起の包皮を剥いて、あらわれたおかめ顔の本体に舌を這わせると、

「ぁああん……あっ……あっ……いい、いい……そこ、いい！」

美枝子は今にも崩れ落ちそうな様子で、がくん、がくんと膝を折る。

竜星は立ちあがって、美枝子をこちらに向かせる。肩を押すと、何を求めているのかわかったのだろう、しゃがんで、竜星の股間に頬擦りする。

すべすべした頬をズボン越しに勃起に愛おしそうになすりつけ、それから、斜め上に向かっている屹立の頭部にちゅっ、ちゅっと接吻しながら、袋ごと手でなぞりあげてくる。

上へ上へと肉棹を擦りあげるその手付きが、女の尽きせぬ愛情を感じさせて、それだけで、竜星は昂る。

美枝子はいったん顔を離し、ジーンズをブリーフとともに一気に引きおろし、足先から抜き取った。

転げ出てきた肉のしなりに、もう一刻も待てないとばかりに唇をかぶせ、根元を握ってしごきながら、顔を打ち振る。

「おお、あっ……うっ……」

竜星は湧きあがる愉悦に、天井を仰いでいた。

昨夜からいったい何度、この女の前で勃起しただろう。

一瞬にしてカチカチになった分身を、美枝子は唇で情熱的にしごき、そうしながら、皺袋を手で持ちあげるようにして、やわやわとあやしてくる。

「ソファに行きましょ」

美枝子は肉棹を吐き出してそう言い、立ちあがって、ＩＨヒーターの強さを調節し、タイマーを設定した。

時間が来たら、ヒーターは音を立てていったん切れるから、そこで、カレールーとジャガイモを入れるのだろう。

(そうか……セックスに夢中になっているときでも、どこか冷静なところがあるんだな)

美枝子に較べて、自分は子供だと感じた。昨夜、美枝子を脅しながら犯したあの自分は何だったのだろう?

リビングのソファに先に行って、待っていると、美枝子がやってきた。

隣に座った美枝子の肩を抱き寄せ、左手でニットをまくりあげて、ブラジャー越しに胸を鷲づかみにした。たわわなふくらみが指のなかでしなって、

「ぁあぁ……ねえ、竜星、乱暴にしないで。やさしくして」

美枝子が悲しげな目を向けてくる。竜星にはどうしても知りたいことがあった。

「ひとつ、訊いてもいい？」

「えっ……何？」

「ダンナとしてるの、セックス？」

「……答えなくてはいけない？　聞かないほうがいいことだって、あるのよ」

「大丈夫。何と言われたって、俺は傷つかないよ。ほんとうのことを話してくれればいい」

美枝子は迷っているようだったが、やがて、言った。

「あまり、していないわ」

「あまりってことは、時々はするってことだね」

美枝子は答えないが、沈黙は肯定と受け取っていいのだろう。

ミニアルバムの写真や、ＤＶＤで見た社内の女との直行のサディスティックなセックスを思い出して、胸がちりちりと灼けた。

「ダンナはSなんだろ？　写真やＤＶＤを見ればわかるよ……ひどいことされてるんだろ？　写真でも縛られていた……それって、いやなんだろ？　無理やりされてるんだろ？」

「どうして、そう思うの？」

「美枝子さん、やさしくしてってフレーズが多いから……」

「だとしたら？」

美枝子はまっすぐに瞳のなかを覗き込んでくる。

「いや、そうならば、やさしくしなくちゃいけないないなって思って……」

「じゃあ、やさしくして」

そう言って、美枝子が抱きついてきた。

竜星は柔軟な肢体を受け止めて、髪を撫で、背中にまわした腕に力を込める。

「我が儘を言っていい？」

「ああ……」

「できれば、何もしないで、こうやって抱いていてほしいの」

美枝子の声が耳をくすぐった。

「……わかった。ソファに横になって、俺の膝に頭を載せていいよ」

「膝枕してくれるの？」

「ああ……」

美枝子はソファに身体を横たえ、向こうを向く形で竜星の膝に頭を載せてくる。

さらさらの髪がふんわりと太腿にかかり、その重みを感じる。

髪を撫で、肩から二の腕にかけて、さすっていく。

静かな息づかいや、体重の載せ方で美枝子がリラックスしてくれているのがわかり、竜星はうれしくなる。

だが、それも長くはつづかなかった。美枝子の後頭部に触れた分身が、また力を漲らせてきたのだ。

「ふふっ、頭に硬いものがあたってるわよ」

美枝子が上体を持ちあげて、いきりたつものに目をやった。

「ゴメン……」

「すごいわね、何度も大きくなるのね」

美枝子は髪を色っぽくかきあげ、上目づかいで見て、こちらを向く形で、目の前でいきりたつ肉の柱を握って、しごく。

それはまるで、愛おしい玩具をいじっているような触り方だった。

「あっと言う間にカチカチになるものね」

屹立にゆるゆると指をすべらせながら、艶めかしく見あげてくる。

「美枝子さんだからこうなるんだよ」

「お世辞でも、うれしいわ」

美枝子は顔を寄せ、握りしめた肉の塔を、根元のほうからゆっくりと舐めあげ、先端からまた舐めおろしていく。

なめらかで湿った肉片が勃起を這いまわり、その感触以上に、美枝子のその所作を愛しいものに感じてしまう。

「気持ちいいよ、すごく」

「じゃあ、もっと気持ちよくしてあげるわね」

そう言って、美枝子は唾液まみれでいきりたつ肉の柱を、上から頬張ってくる。

ソファに這う姿勢でゆったりと顔を打ち振り、ちゅるっと吐き出して、言った。

「ねえ、自分でしたくなった。咥えたままオナニーしていい？」

「……いいけど」

「ありがとう」

また、屹立に唇をかぶせ、ゆったりとスライドさせながら、美枝子は腹のほうから右手を潜らせて、太腿の奥を触りはじめた。

じかに見たくなって、竜星はフレアスカートをまくりあげた。

ソファに這う美枝子の、くびれた胴体から急激に張りだしたハート形のヒップがもろに見えた。

そして、美枝子はいきりたちを深く咥えて、なかで舌をうごめかしながら、もどかしそうに腰を揺する。

やがて、ネチッ、ネチッと指が粘膜を掻き混ぜる音がして、尻が上下に振れ、

「んっ……んっ……んん……」

美枝子は思い出したように顔を打ち振りながらも、下腹部に伸ばした指を動かして、身をよじる。

いったん顔をあげて、自らの唾でぬめる屹立を忙しく指でしごき、

「ぁああ、ああ……」

と、顔をのけぞらせる。

竜星は右手をニットの襟元から差し込み、ブラジャーの内側にすべり込ませて、柔らかな肉層を揉みしだいた。

指先で乳首をとらえ、しこりきった突起を指に挟んでこねると、

「ぁああ、ぁああ……いいの。わたし、へんになってる。おかしいのよ、わたしおかしいの……ぁああ、ああぁ……うぐぐ……んっ、んっ、んっ……」

ふたたびいきりたちを口におさめ、激しく唇をすべらせながら、尻を切なそうにくねらせる。

竜星が乳首をぐいっとねじったとき、

「うぐぐ……！」

美枝子は頬張ったまま凄絶に呻いて、突きあげた尻をがくん、がくんと揺らし、それから、がっくりとなって動かなくなった。

肉棹は口に含んだまま尻をさらした状態で、胸を喘がせている。

そのとき、「ピーッ、ピーッ、ピーッ」とIHヒーターのタイマーが切れる音が響き、美枝子は自分に鞭打つように身体を起こした。

めくれあがった裾をおろし、覚束《おぼつか》ない足取りでキッチンに向かった。

3

その夜、竜星は寝室のベッドで、美枝子を愛撫していた。

少しでも離れていると、不安感が押し寄せてきて、この女と乳繰り合わずにはいられなかった。

いつダンナや他の者が、この別荘を訪れないとも限らない。

美枝子は、仕事が一段落すれば直行がやってくるだろうと言っていた。こんないい女を長い間放っておける男はいないはずだ。

確実にダンナは来る。そして、竜星と美枝子の束の間の蜜月は終わる。

いわば、これは執行猶予つきの享楽だった。

だからこそ、できるときにその肉体を思う存分貪りたかった。

今、竜星も美枝子も生まれたままの姿だった。

暖房は充分に効いているものの、やはり、素肌をさらすと冷える。

竜星は背中に布団を載せて、愛撫でしっとりと湿ってきた美枝子の肌にキスを浴びせながら、下へ下へとおりていく。

右手には折り畳み式のガラケーを持っている。

かるい羽毛布団を亀の甲羅のように背負い、美枝子の開いた足の間に身体を割り込ませた。

「真っ暗で、美枝子のあそこがよく見えない」

布団のなかで言う。すでに、呼び方は「美枝子さん」から「美枝子」に変わっていた。

「いいのよ、そんなところ、見なくても」

美枝子の声が布団のなかにも届く。

「俺、今、ケータイを持ってるんだ。何のために、持ってるかわかる?」

「……撮ったら、ダメよ」

夫が撮った美枝子の写真は、すでに美枝子に渡していた。

「……撮らないよ。その代わり、あそこをじっくり鑑賞させてもらう」

パチッとケータイを開き、待ち受け画面の明かりで、カメラ機能に切り換え、メニューから常時ライト点灯を選び、スイッチを押す。

すると、レンズのすぐ下にあるライトが灯って、美枝子の下半身をぼんやりと浮かびあがらせる。

「ライトを点けたから、よく見えるよ、美枝子のオマ×コが」

「いや……」

M字に開いていた両足がぎゅうとよじりあわされた。

「ほら、面倒かけないで。開かないと、無理やり撮影するからな、美枝子のあそこを」

「信じていいのね」

「ああ……」

美枝子がおずおずと両足を開いた。

ケータイの光量はこうして暗がりのなかで点けると、想像以上に強いことがわかる。ペンライトの灯に似た円形の光が、開いた両太腿とその間に息づく、恥毛と女の園を仄白く浮かびあがらせた。

「よく見える。もっと近づけるぞ」

ケータイを股間に寄せると、光の輪が小さくなり、そのぶん光が強くなって、美枝子を女たらしめている器官がくっきりと見えた。

「ああ、わかるわ。温かいもの。光があそこにあたっているのがわかる」

「そうだ。はっきり見えてる。画面にも、美枝子のオマ×コが映ってるぞ。光を受けて、ぬらぬらしてる。いやらしいな、こんなに濡らして……」

竜星は左手を伸ばして、指で陰唇をくつろげてやる。人差し指と中指を添えてV字に開くと、ねちっと粘膜が音を立てて肉びらがひろがり、内部の赤い濡れ溝があらわになった。

エイリアンのように粘液にまみれた狭間は、幾重もの肉襞が寄り、下方に小さな肉の孔がわずかにとば口をのぞかせていた。

指を開閉すると、ねちっ、ねちっと音がして、赤い粘膜から透明な蜜があふれて、尻のほうへとしたたっていくのがわかる。

「ぬるぬるだな」

「ああ……よして……竜星、よして……ぁああ、あああん、ぁあぁあぁぁ」

美枝子の喘ぎがどんどん大きくなり、腰がもどかしそうに揺れる。

「すごいな。美枝子のオマ×コがひくひくしてる。何を欲しがっているのかな？」

「……ぁああ、ああ、あなたよ。竜星が欲しいのよ」

強い衝動に駆られて、竜星はシャッターボタンを押す。すると、ピピッと電子音が鳴って、カシャとシャッターが切れる音がして、ケータイの画面におびただしい蜜にまみれた女の花肉が浮かびあがった。

「えっ……撮ったの？」

「ああ」

「消して！　お願い、消して！」

美枝子が金切り声をあげた。

「わかったよ。その前に……」

竜星は布団から顔を出し、美枝子の目の前に、ケータイの画像を突きつけた。

「見てみなよ」

画像に視線をやって、

「いやっ……！」

美枝子が顔をそむけた。

「きちっと見ないと、消さないよ」

おずおずと美枝子が顔を戻した。ケータイに浮かびあがった、自分の淫らな性器を見て、困ったような顔をする。

「どう、すごくいやらしいだろ？　物欲しそうだろ？」

美枝子は唇を噛みしめ、目をそむけたいのを懸命にこらえて、小さな画面の女性器に目を向けている。

「……許して、もういいでしょ」

「でも、もったいないから、終わってから消すことにする。それに、顔は映っていないんだから、たとえ人が見ても誰のものかわからないだろ」

竜星はケータイをパチッと閉じた。

あわよくば、美枝子との逢瀬の記念に保存しておきたいという気持ちがあった。

「絶対よ」

「ああ、約束する」

竜星はケータイを置いて、美枝子の唇を奪い、舌を差し込んだ。

すると、美枝子も情熱的に舌をからめ、竜星の髪に指を入れて、掻きむしるようにした。その手を尻へとさげていき、尻たぶの狭間にスーッ、スーッと走らせる。

その触れるかどうかのフェザータッチが気持ちよくて、鳥肌が立った。

竜星はキスを顎から首すじへとおろした。

ほっそりとした首すじがのけぞり、その顎へとつづくラインに女の儚《はかな》さに満ちた官能美を感じ、喉元を何度も舐めあげ、それから、肩へと舌を這わせた。

撫で肩だが、肩幅は女にしては広く、適度に肉も載っている。

こらえきれなくなって、竜星は肩の途中に貪りついた。肩の筋を甘噛みするようにして頬張り、思い切り吸いあげる。

「ぁああ、ダメっ……跡が残る」

美枝子の声が聞こえた。だが、自分の痕跡をこの肉体に刻みつけておきたいという気持ちが勝った。

かまわず、吸いあげた。途中で甘噛みする。

「うっ……あっ……あっ……ぁああ、竜星！」

肌を思い切り吸われるのは、どんな気持ちなのだろう？

美枝子は身体に力を込めながらも、身を任せて、顎をせりあげている。

口を離すと、わずかに歯形が残り、唾液でぬめ光る周囲が唇の形に赤く変色していた。

「キスマークをつけてやった。しばらく、消えないぞ」

そう言いながら、竜星は自分が美枝子の夫に密かな対抗心を燃やしていることに気づかざるを得なかった。

美枝子は無言で、唇を嚙みしめている。

おそらく、ダンナに見られたら、と心配しているのだろう。かいま見えた、夫への配慮、つまり、自己保身の気持ちが、竜星の気持ちを逆撫でした。

両手を万歳の形で押さえつけ、動けないようにして、乳房にしゃぶりついた。

ふくらみのやや上にかぶりついて、思い切り吸った。

「ダメッ……ダメだったら……ぁあああうぅぅ」

美枝子が身をよじった。

だが、両手を上で押さえつけられているから、振り切ることはできない。

たわわな肉層のしなりを感じて、あぐあぐと甘嚙みしてやった。そうとう、痛いはずだ。

いったん離して、赤く濡れた乳肌にちゅっ、ちゅっとキスをする。

唾液に濡れた柔肌を、獣が傷を癒すようにやさしく舐めた。すると、美枝子は気持ちいいのか、「ぁああ、ああ」と喘ぎをこぼす。

竜星は同じように反対の乳房にもしゃぶりついて、双乳に赤い唇の形のキスマークを残した。

それから、左右の乳房を鷲づかみにして真ん中に寄せ、近づいてきた乳首を舐めしゃぶった。

乳首を尖らせた美枝子は、両手を頭上にあげ、右手で左手首を握ったまま腋をさらして、

「ぁああ、あっ……あっ……」

乳首をもてあそばれるままに声をあげている。

おそらく、直行に腕を縛られて、この姿勢で愛撫されることに馴らされたのだ。身体に刻み込まれた習慣は、相手が変わっても無意識のうちに出てしまうものなのだろう。

だが、どんな女でも処女でない限り、男の歴史はその肉体に刻まれている。それを受け入れながら、さらに自分の色に染めていけばいいのだ。

では、竜星の色とは何なのだろう？

わからない。しかし、美枝子は夫の乱暴なセックスを嫌っている。と言うことは、やさしくすればいい。美枝子がもう何度も、そう頼んでいるではないか。

気持ちを落ち着かせて、竜星は左右の乳首を丁寧に舐めた。

左の乳首を下から上へと舌でなぞりあげる。

肥大して硬くなった突起が根元から揺れて、躍りながら元に戻り、

「あっ……」

美枝子が心底感じている声をあげる。

繰り返して、今度は尖らせた舌先で乳頭を左右に素早く擦ってやる。

「あっ、あっ、あっ……」

美枝子の喘ぎがつづけざまにあふれ、そして、下腹部がせりあがってくる。

「腰が動いてるよ。乳首がすごく感じるんだね？」

「ええ……きっとあそこと繋がっているんだわ。腰が勝手に動いてしまうの」

恥ずかしそうに、美枝子が答える。

竜星は顔をあげて、左右の乳首をつまんだ。側面に指をあてて、こよりを作るようによじると、一瞬静かになってから、

「ぁああ、ぁああ……ぁあああぁぁ、いい……」

布団の下の下腹部がさっきより激しく、ぐいぐいと突きあがってくる。

「もしかして、乳首だけでイク？」

「……わからないわ」

美枝子は恥ずかしそうに目を伏せる。

竜星は羽毛布団をずらして、美枝子の裸身をあらわにし、下腹部の動きを見ながら、両方の乳首を攻めた。

くりくりとよじると、しこった乳首が乳暈を巻き込みながら横にねじられ、それが感じるのか、

「ぁああ、ぁああぁぁ……いい、いいのよぉ……ぁあああぁぁぁ」

美枝子はのけぞり返り、仄白い喉元をいっぱいにさらして、せがむように腰をせりあげる。

竜星はもう一本指を足して、乳頭をくすぐってやる。

円柱形にしこった乳首を横にねじりながら、トップを指先でこちょこちょすると、

「ぁああ、ああ……イク……イッちゃう！」

美枝子は両手を離して、シーツを持ちあがるほどに握りしめ、

「……あっ……！」

一瞬のけぞり返って、かくかくっと震え、持ちあげた背中をベッドに落とした。

さっきまでカチカチだった乳首が一気に弛緩して、触っていても柔らかくたっとしている。

「男のペニスと同じだな。乳首が射精した後みたいにくにゃくにゃになった」

言っても、美枝子はエクスタシーに酔っているのか、反応がない。

ならばと、ぐったりした美枝子をベッドに四つん這いにさせた。

後ろにまわり、尻の底で洪水状態で口を開いている女の秘部に、顔を寄せて、ペロッと舐めあげた。

「くっ……！」

美枝子は息を吹き返したように顔を撥ねあげる。

ふやけて形状さえ曖昧になった陰唇の内側に舌を走らせる。

「あっ……あっ……ぁああ、もう、もう……」

「どうした？」

「……欲しいわ。竜星が欲しい。お願いします。ちょうだい。あなたをちょうだい」

竜星の分身も、先走りの粘液にまみれて勃起していた。

「しょうがない人だな」

そう言いながらも、竜星はいきりたっていた。美人に愛撫を施し、欲しいとせがまれて、してやったりと思わない男はいないだろう。

尻を引き寄せて、濡れ光る亀裂に切っ先をあてがい、一気に打ち込んだ。

分身がとば口をひろげ、温かい膣肉を貫いて、

「はうぅぅ……！」

美枝子は背中を弓なりに反らして、頭を撥ねあげた。黒髪がざわっと自分のほうに向かってきて、髪の動きがスローモーションでも見ているように目に焼きついた。

そして、竜星も奥まで打ち込んだまま、奥歯を食いしばっていた。

もう何度ここに入っただろう。

いつ貫いても、美枝子の女の坩堝《るつぼ》はまったりとからみつき、生きているかのようにに分身を締めつけてくる。

「おおぉぉ……くっ！」

内へ内へと屹立を手繰りでもするような肉襞のうごめきに、酔いしれた。少し

でも動けば射精してしまいそうだった。

(何て女だ、何て!)

暴発感をかろうじてやり過ごして、竜星は打ち込んでいく。

ゆったりと慎重にしか抜き差しできない。だが、そのゆるいストロークでも、ヴァギナの感覚を呼び覚ますのか、

「ぁああ、ぁああ、いいの……いいのよぉ」

美枝子は両腕を伸ばした姿勢で、悩ましい声をあげる。

洩らさないように調節しながら、強弱をつけた。スロー、スロー、クイックとワルツのリズムで突くと、美枝子は後ろ姿とともに乳房を揺らし、狼が月に向かって遠吠えするような姿勢で、小気味よく喘いだ。

一時の射精感をこらえれば、竜星の場合は長持ちする。

急峻な角度で尻たぶがひろがるその始まりの細いウエストを両手でつかみ寄せ、少しずつ強いストレートに切り換えていく。

バスッ、バスッと音が出るほど叩きつけると、美枝子は「あっ、あっ、あっ」と喘ぎをスタッカートさせ、腕で身体を支えていられなくなったのか、肘を折った。

上体を低くして、尻だけを高々と突きあげた牝豹の姿勢で、前に伸ばした手でシーツを鷲づかみにする。

しなやかな牝獣のような背中から腰にかけての反り具合がたまらなくなって、竜星は美しいスロープを描く背中を背骨に沿って撫でる。

手指を刷毛のように柔らかく使い、スーッ、スーッと指の背ですべすべの背中をなぞる。

と、美枝子は「あっ、あっ」と背中を痙攣させ、それと同時に膣肉も締まって、竜星の硬直を断続的に締めつけてくる。

ぐっと奥歯を食いしばって、竜星は両手を脇腹へと伸ばし、表面をフェザータッチで撫でてやる。

「ぁああ、竜星、感じるのよ。すごく感じるの……」

美枝子の声を聞きながら、両手をまわり込ませ、双乳をつかんだ。

下垂してたわわさをいっそう感じる乳房を揉みしだき、頂上の突起をこねると、美枝子は声を出すこともできない様子で、ガクン、ガクンと震える。

そのたびに、また肉路が硬直を食いしめてきて、竜星もぐっと歯列を嚙み合わせる。

強く動きたくなって、両手で腰のくびれをつかみ寄せ、激しく突いた。のけぞるようにして、下腹部の屹立を突き出すと、切っ先が奥を強く叩いて、

「ぁああ、来てるわ。あたってる……あん、あんっ、あんっ」

美枝子はよく響く声を噴きこぼして、シーツを鷲づかみにする。

子宮まで届け、とばかりにぐいっと打ち込むと、

「くっ……！」

気を遣《や》ったのか、美枝子は糸が切れたように前に突っ伏していった。

竜星も折り重なっていき、腕立て伏せの格好で尻の狭間を突いた。

「ぁああ、また……いや、いや、いや、おかしくなる。おかしくなる」

狂ったように顎を振りながら、美枝子は尻を懸命に持ちあげてくる。

まるでもっと深いところにとせがむような動きに誘われて、竜星は力を振り絞った。

「いい、いいの……恥ずかしいわ。美枝子に恥ずかしい真似をさせないで……ぁああ、ダメっ……イク、イク、イッちゃう……また、イクぅ……美枝子、またイクぅ」

持ちあがった尻を押しつぶすように、ぐいぐいと打ち込むと、美枝子はさかん

に首を振っていたが、やがて、

「イクぅ……くっ……！」

腹這いの姿勢でのけぞりながら絶頂を極め、がっくりと上体を落とした。

だが、まだ竜星は射精していない。

いったん結合を外し、美枝子を仰向けに寝かせた。

すらりとした両足を肩にかけ、竜星はぐっと前に屈んだ。

長い足が伸びたまま上体に近づき、裸身を腰から折り曲げる格好で、美枝子はベッドについた竜星の腕をひしと握ってくる。

「竜星、竜星……」

名前を呼んで、下からすがりつくような目で見あげてくる。

ほぼ真下にある、紅潮してますます色っぽくなった美貌を見ながら、竜星も腰を打ちおろした。

上から振るように屹立を打ち込むと、蕩けた肉路に鉄槌と化した肉棹が深々と嵌まり込み、

「うあっ……！」

美枝子が呻くような声をあげて、顔をのけぞらせた。

それから、今にも泣き出さんばかりに眉をハの字にして、ぼぅと霞んだ目で竜星を見あげてくる。

（ああ、この目だ。このすがるような目に、俺はやられたのだ……）

もう我慢できなかった。

すべての制御を解き放って、竜星は一心不乱に肉の鉄槌を振りおろす。

深いところに届き、奥のほうの扁桃腺《へんとうせん》のようにふくらんだ熱膜に包み込まれて、ぐっと快感が高まった。

「ぁあ、竜星、またイクの……へんよね、わたし、へんよね」

美枝子が潤みきった瞳を向ける。

「へんじゃないさ。何度でもイッてほしい。イキまくれよ。そうら」

腕で体を支え、下腹部にすべての力を集めて、振りおろした。ぐちゅ、ぐちゅっと淫らな音がして、美枝子は両手を頭上にあげた。

いつものように右手で左手首をつかんだ。

すべてをあらわにすることが気持ちいいとでも言うように、腋の下をさらし、表情が見えなくなるまで顔をのけぞらせた。

「ぁああ、ぁあぁぁ、イクぅ……イッちゃう」

「イケよ。俺も、俺もイク……」

頂上に駆けあがろうと、竜星は力を振り絞って怒張を叩き込んだ。つづけざまに突いて、ぐいっと奥まで届かせたとき、

「イクぅ……やぁあああああぁぁぁぁぁぁぁぁぁぁ、はうっ！」

美枝子はいっそう顎をせりあげて、のけぞり返った。

さらなる一撃を打ち込んだとき、竜星の下腹部も爆ぜた。

「おおぉぉ……」

吼えながら、射精する分身をさらに押し込むと、ぐわっと快感が撥ねた。

稲妻が全身を貫き、もうそれに身を任せるしかなくて、竜星は尻を痙攣させながら、悦びを受け止める。

今日一日でも、美枝子相手にもう何度も精を放っていた。なのに、大量の男液が凄まじい勢いで噴出する。

脳味噌がぐずぐずになるような絶頂感が通り過ぎて、竜星は離れて、すぐ隣に横になる。

ハア、ハア、ハア――。

嵐のような自分の息づかいが聞こえる。胸も激しく波打ち、心臓も強く胸腔を

打つ。

体中のエネルギーをすべて使い果たしていた。

だが、それも一瞬で、すぐにまた美枝子の肢体を貪りたくなるだろうことは自分でもわかっていた。

横を見る。

仰向けになった美枝子は、棺桶のなかに寝かされているように胸の前で両手を組み、身体を伸ばし、静かに目を閉じていた。

第四章　覗かれた情事

1

翌日の午後三時、遅い昼食を終えて、二人でリビングのソファでまどろんでいると、サイドボードに置かれた電話が鳴った。

トゥルル、トゥルル――。

二人は一瞬顔を見合わせる。

誰からの電話か、容易に想像できた。来るべきときが来たのだ。

竜星は顔がこわばっていくのを感じた。

そして、美枝子は身体を起こし、緊張した面持ちで歩いていく。受話器を取りあげて、

「はい、わたしです……そうですか。来るのね……」

言いながら、竜星を見た。

「いらしたって、帰りませんよ……ええ、わかりました」

受話器を置いて、美枝子が神妙な顔で近づいてきた。

「直行さんが来ます。仕事が思いの外、早く終わったらしいの……二時間もあれば来られる」

反射的に立ちあがった竜星を抱きしめて、美枝子が耳元で言った。

「……戻る気はありません。でも、彼、今夜は帰らないかもしれない。だから、竜星、申し訳ないけど、今夜はここを離れて……お金は用意します。近くのホテルにでも泊まって、お願い」

竜星は無言で首を横に振って、いやだという気持ちを示した。

「なるべく早く返すようにします。今夜中に帰ったら、竜星のケータイに連絡を入れます。だから、お願い……竜星が好きよ。信じて」

「あなたを信じていいんですね？」

「ええ……」

美枝子は竜星をまっすぐに見て、唇を寄せてくる。

竜星も唇を重ねて、舌をからませる。

来るべきときが来たのだ。それが、思ったより早く来た。

こんな闖入者《ちんにゅうしゃ》など、さよならされても不思議ではないのに。いや、むしろそれが自然なのに、美枝子は夫をなるべく早く返して、竜星をすぐに呼び戻すと言う。

信じていいと言ってくれた。

自分はこの人に愛されている――。

キスをしているうちに、欲望がせりあがってきた。

ソファに押し倒そうとすると、美枝子がそれを拒んだ。

「ダメっ……時間がないわ。竜星の痕跡を消さなくちゃ。あの人は嫉妬深いから。あなたに危害が及ぶようなことは避けたいの。だから、あなたは用意をしてすぐにここを出て。お願い」

「呼び戻してくれるね？」

「もちろん」

「約束だぞ」

「約束する」

二人は小指と小指をからませて、見つめ合った。

美枝子の目には動揺はなく、その凜とした表情が竜星を安心させてくれる。

「じゃあ、用意するよ」

美枝子はうなずき、どちらからともなく小指を離した。

荷物をまとめ、しばらく、美枝子とともに室内に残った自分の痕跡を消した。

「もう、大丈夫。あとはわたしがやります。竜星は行って」

「わかった」

「どうなるにせよ、今夜中には連絡を入れるわね。竜星もどこにいるのか、メールをちょうだい」

「わかった。信じてるよ」

美枝子がうなずいた。

それでも、別れがたく、美枝子を正面から抱きしめて、唇を合わせた。ディープキスをしながら、スカートの奥に右手をすべり込ませた。

パンティストッキングを通して、ぐにゃりと沈み込む感触があって、美枝子は腰をくねらせた。

貪るようなキスを交わしながら下腹部をなぞると、美枝子は「んんっ……んんっ……」と甘い鼻声を洩らし、腰をくねらせ、下腹部を擦りつけてくる。

「ダメっ……したくなっちゃう。お願い、行って、早く」

美枝子に突き放されて、竜星は後ろ髪を引かれる思いで、別荘を後にした。

2

午後十二時過ぎ、美枝子にもらったお金で旧軽井沢のプチホテルを取った竜星は、シングルの狭い部屋で美枝子からの連絡を待っていた。

だいぶ前に、このホテルに泊まることになった旨をメールで送ったところ、

〈了解しました。彼が到着しました。美枝子〉

と返ってきた。

その後、メールも電話も来ない。

(どうなってるんだ！)

たとえダンナとの対応が大変だとしても、トイレに入った隙にメールを送るくらいできるはずだ。どうなるにせよ、今夜中には連絡すると言ったのに、もう十二時を過ぎた。

(もしかして、ダンナに暴力を振るわれているんじゃないか？　あるいは、自分とのことがばれたとか……)

昨日、美枝子の身体に三カ所、キスマークをつけた。昨日の今日では、消えて

いないはずだ。

心配だった。

イライラが嵩じて、部屋を歩きまわった。

気づいたときは、部屋を出ていた。

ホテルの駐車場に停めてあるホンダにまたがって、別荘に向かった。

十分ほどで着いて、バイクを見つかりにくいところに停めた。別荘の駐車場には、美枝子のアウディともう一台、ベンツが停めてあった。

(やはりまだ、あいつはいるんだな)

自然に早足になった。傾斜をあがっていくと、木々の間から、別荘の明かりが見えた。

明かりは寝室から漏れている。ということは――。

(やってるのか？　セックスしてるのか？　いや、そうとは限らない)

湧きあがってくる怒りにも似た感情を封じ込めて、窓から覗こうとしたが、カーテンが閉められていてなかは見えない。声も聞こえない。

だが、このまま帰るのはいやだ。くだらない妄想がふくらむだけだ。

何が行なわれているのか。確かめずにはいられなくなった。

竜星は玄関にまわり、解錠セットをリュックから取り出した。一度解錠経験済みの鍵はあっけなく開いた。

静かにドアを開け、室内に忍び込む。抜き足差し足で和室に向かい、押入れにあがった。

廊下を歩くのは危険すぎる。竜星がバランスを崩して手をつくまでは潜んでいることにまったく気づかなかったと言っていたから、こっちのほうが安全だと判断したのだ。

静かに天井裏にあがり、物音が立たないように慎重に梁の上を這っていく。寝室の上にあたる天井からは、かすかな明かりが漏れていた。

寝室の上まで来ると、

「い、いや……！」

美枝子の押し殺した声が、耳に届いた。

ハッとして、断熱材と梁の隙間に顔を寄せて、眼下を見た。

煌々《こうこう》とした明かりのなか、ベッドの横の床に、全裸に剝かれた美枝子が赤いロープで後手にくくられて、座っていた。乳房の上下にも赤いロープが二段に走り、あらわになった乳房がくびりだされている。

そして、美枝子はがっくりとうなだれて、その横顔にざんばらに乱れた黒髪が垂れ落ちていた。

その前に白いワイシャツ姿の直行が仁王立ちしている。家族写真に映っていた男と同じ角張った顔で、堂々とした体格をしていた。

「どうしてお前は、俺に逆らうんだ？　うん？」

直行が髪をつかんで、美枝子の顔を上向かせた。

「……………」

美枝子が無言で、きりきりと夫をにらみつける姿が、天井の隙間から見えた。

「何だ、その顔は！」

直行がもう一方の手で乳房を鷲づかみにした。たわわな乳房に男の指が深々と食い込んで、

「ツーッ……！」

美枝子が顔をしかめる。

「平社員だったのを見そめて、後妻にしてやったんじゃないか。俺がいなかったら、お前はどうなってた？　お前がつきあってた平沢《ひらさわ》は今、会社も辞めて、三流企業で安い金でこきつかわれてるんだぞ」

「……あなたが、彼を辞めさせたんだわ」

「そんなことはしないさ。あれは、あいつがミスって大切な契約をパーにしたから、クビを切った。当然のことをしたまでだ」

直行はしゃがんで、両手で美枝子の乳房をぐいっとつかんだ。

「あうぅ、やめて……別れます。もう、あなたとはやっていけません」

「ふふっ、何度も同じ言葉を聞いたよ。だが、そのたびに前言を覆して元の鞘《さや》におさまった。なぜだ、うん？　どうしてかと訊いているんだ」

美枝子はうつむいて、首を横に振った。

「教えてやろうか？　この身体が俺を求めているからだ。お前は俺と離れることはできない。そうら……乳首がとくに感じるんだよな。縛られて、ここをこうされると……」

直行は、左右の胸のふくらみをつまんで、くりくりと転がした。

ねじりながら、他の指でも乳首と乳暈をいじっている。

「……やめて……やめ……はうぅぅ！」

美枝子が顔を撥ねあげた。目は閉じているが、半開きになった唇が震えている。

（やめろ、やめないか！）

竜星も心のうちで悲鳴をあげていた。やめてくれ、美枝子をそれ以上、苛めるな――。

「そうら、乳首がカッチカチだ。いやらしく飛び出してきた……どうしてこうなるんだ？　俺が嫌いだろう？　お前は忌み嫌う相手にさえ、感じるのか？　そういうのを淫売と言うんだ」

「違う。違うわ！」

「違わない！　美枝子、お前、俺以外の男とも寝たよな？　抱かれたよな」

直行の問い詰めに、竜星はドキッとして、鼓動が早くなった。

自分のことを言われたと感じたからだ。

「反論しないな。そうだよな。こんなキスマークをつけて、抱かれていないとは言えないものな。誰だ、誰に抱かれた！」

直行が乳首をつぶれるほどに押しているのが見える。

昨夜つけた三つのキスマークがまだほんのりと赤みを残していた。

「ツーッ……やめて……そんなことしていません」

「じゃあ、このキスマークは何なんだ？　虫に刺されたとでも言うのか？　それとも、湿疹の跡か？　ナメるなよ」

直行は美枝子を絨毯に仰向けに寝かせ、胸のふくらみに片足を載せて、ぐりぐりと押しまわす。

上下二段のロープで絞り出された乳房が圧迫されてひろがり、その中心を足指がぎゅっとつかむようにしている。

「くぅぅ……いや、いや、いや……」

美枝子は首を振り、足をバタつかせる。

だが、後手に縛られていて自由が利かないのか、されるがままになっている。

天井裏で、竜星は音がするほど歯列を噛みしめる。

できることなら、出ていって、美枝子を助けてやりたかった。直行をボコボコにしてやりたかった。

だが……。

今出ていったら、お前は何者だとなるだろう。いくら夫が浮気を繰り返しているとは言え、その妻が侵入者に抱かれていたことが判明したら、美枝子の立場は非常に悪くなる。

（いや、美枝子は俺を愛してくれているのだから、その彼女を護るのは恋人の役目じゃないか）

だがしかし、数日前に知り合った男が、美枝子の人生を簡単にメチャメチャにしていいわけがない。

歯軋《はぎし》りしながらためらっていると、直行は足を顔面に持っていって、美枝子の口許に押しつけた。

「舐めろ！」

美枝子が必死に顔をそむける。

直行は強引に足の親指で唇を割って、歯列をなぞった。

「んんんっ……」

苦しげに顔をしかめる美枝子が可哀相で、竜星はまるで自分がされているような痛みさえ感じ取っていた。

ややあって、直行は口から足を離すと、美枝子を立たせてベッドにあげた。シーツに座らせておいて、背後から乳房を揉みしだき、後ろ髪を掻きわけて、うなじを舐める。

楚々とした襟首に舌を這わせながら、繊細な指づかいで乳首を転がし、揉む。

「ああ、いや……いや……」

美枝子はうつむいて、さかんに首を左右に振っている。

と、直行は美枝子を後ろに倒し、仰向けになった美枝子の乳房にしゃぶりついた。

上下をくられて、いっそうたわわさを増したふくらみに指を食い込ませ、せりだしている乳首を舐めている。

「くうぅぅぅ……」

必死にこらえていた美枝子が、顎をせりあげた。

ほぼ真上から覗いている竜星には、美枝子の気持ちが手に取るようにわかった。

湧きあがろうとする快美感を懸命に耐えているのだ。

(感じないでくれ。そんなやつ相手に感じてはダメだ)

だが、直行は片方の乳首に舌を走らせ、もう一方の乳首も指で巧妙に転がしている。

夫なのだから、妻がどうすれば性感が高まるかは知り尽くしているはずだ。

そして、竜星もこうされれば美枝子が感じることは、自分で経験してわかっている。

(やめろ……やめてくれ!)

拳を握りしめながらも、目を離すことはできなかった。

直行が反対側の乳首をしゃぶり、もう一方の乳首をくりっくりっとこねた。

そのとき、美枝子の食いしめていた唇がほどけ、

「ぁあぁ……あうぅぅ」

繊細な顎がいっぱいに突きあがった。

直行は唇を乳首に接しながら、妻の様子を眺め、右手を下腹部におろした。

繊毛の張りつく恥丘を、股ぐらごとぐいっとつかまれて、

「はぁあああぁぁぁぁ……」

美枝子は頭がシーツにめり込むほどにのけぞり返って、がくっ、がくっと全身を痙攣させた。

感じているのだ。身体の底からの歓喜に満たされているのだ。

(やめろ、もう、いいから、やめてくれ……)

天井裏にへばりついた竜星は見ていられなくなって、目をぎゅっと瞑った。

だが、視覚を殺しても、聴覚は生きている。

「ああぁ、ぁああぁ……あっ、あっ、そこ……あっ、あっ……」

美枝子の声が否応なく、鼓膜を震わせる。

「いや、いや……それ、いやぁ……ダメっ……あっ、あっ、あん」

ただならない様子に、竜星はおずおずと目を開けた。

美枝子の腰がでんぐり返しの途中の形に持ちあげられ、こちらに向かって尻が突きあがっていた。そして、ひろげられた太腿を抱え込むようにして、直行がその付け根に顔を埋めていた。

直行が女の急所を舐めているのがわかる。

マングリ返しの姿勢でクンニされ、美枝子はつらそうに眉根を寄せながらも、

「あっ、あっ……」と喘いでいる。

直行が顔をあげて、舌の代わりに、指をまとめて恥肉にこじ入れた。

「くっ……！」

三本の指が上を向いた恥肉にじゅぶっ、じゅぶっと打ち込まれ、

「ぁああ、あああ……」

美枝子は顔をゆがめて、口をいっぱいに開いて、声をあげる。

その陶酔したような喘ぎが、美枝子が追い詰められていることを感じさせて、竜星の頭のなかからすべての思考が飛んだ。

「そうら、美枝子。なかはぬるぬるだ」

直行が指を抜いて、三本の指をひろげると、ねばっとした蜜が水飴のように伸

びて、糸を引いた。

「こんなに濡らして……触っていても、なかがとろとろに蕩けているのがわかるぞ。俺が大嫌いなんだろ？　だったら、どうしてこんなになるんだ？」

美枝子は答えずに、顔をそむけている。

「まだまだお仕置きが足らないようだ。待ってろ」

直行はベッドを降りて、美枝子のクロゼットの引出しを開け、なかからハンカチに包まれたものを取り出した。

竜星が使ったのと同じディルドーだった。

知っていたのだ。夫も妻が張形を隠し持っていることに気づいていたのだ。

直行はベッドにあがり、横臥していた美枝子の髪をつかんで、目の前に張形を突きつけた。

「これは何だ？」

美枝子がハッと息を呑むのがわかる。

「お前のマ×コの恋人だよな。俺が気づいていないとでも思っていたのか？」

そう言って、美枝子を仰向けにし、口許に大型ディルドーを押しつけ、

「咥えろよ。しゃぶれ」

美枝子の顎関節に指を添えて口を開けさせ、肌色の疑似男根を押し込んだ。

「うぐ……」

苦しそうに呻く美枝子を見ながら、張形を出し入れする。

見る間に、ディルドーが唾液でぬめ光ってきて、それが小さな口をずりゅっ、ずりゅっと犯す。すくいだされた唾液が涎のように口角にあふれ、したたっている。

(やめろ……やめてくれ)

竜星の心は悲鳴をあげているのに、体が金縛りにあったように動かないのだ。

美枝子の閉じられた目尻から、大粒の涙があふれ、耳に向かってツーッと垂れ落ちた。

こぼれでた涎と涙でぐちゃぐちゃになった美貌を満足そうに眺め、

「いいねえ。美人の涙ほど、男をそそるものはない。お前のそういうところに気づいて、俺はお前と結婚してやったんだ。お前のいたいけな涙を飲ましてくれ」

直行は顔を寄せ、涙と涎を舌で拭い、至福の表情で舌鼓を打った。

それから、直行は口からディルドーを引き抜き、下半身のほうにまわり、先ほどと同じようにマングリ返しの姿勢で美枝子の腰を持ちあげた。

張形という自分の秘密を暴露されて気持ちが折れたのか、美枝子はされるがままになっている。

両手を背中でくくられ、乳房を赤いロープで上下二段に縛られた美枝子がマングリ返しで恥肉をさらしている——。

竜星の心も感じることをやめていた。心が動きを止め、代わりに体が反応をはじめていた。

愛する女が凌辱されているというのに、下腹部が疼き、力を漲らせ、ジーンズの股間を張りつめさせていた。

ペニスを象《かたど》られたシリコン製品が愛する女の秘苑に押しあてられ、陰唇を巻き込むように少しずつ嵌まり込んでいく。

「うぅぅ……」と苦しげに歯列をかみ合わせていた美枝子が、

「うあっ……！」

口を開けて、顔をのけぞらせた。

大型ディルドーが体内に沈み込み、ほぼ根元まで姿を消していた。

「そうら、呑み込んだ。こんなデカい魔羅を奥まで美味しそうに咥え込んで」

直行は左手で美枝子の腰を支え、右手でディルドーを抜き差しする。

ヌチャ、グチャと淫靡な音とともに、張形が体内を深々とうがつさまが、ほぼ真下に見える。

「聞こえるか？　自分のマ×コが立てる音が……うれしそうだな。ほう、すごい締めつけじゃないか。こんなにキツキツに締めて、動かすのが大変だ……そうら、子宮にあたってるだろ？　自分でやるよりいいだろ？　それとも、自分でやるほうがいいか？　好きなところにあてることができるからな」

ぶつくさ言いながら、直行は張形を大きく抽送させる。

「すべりがぐっとよくなってきた。お前はここが感じるんだよな。前のほうの天井が……」

直行はディルドーの角度を調節し、反っているほうの頭部を腹に向けて、浅瀬を短くストロークさせた。

「あっ……あっ……ぁああ、いやです、そこ……あっ、あっ……」

美枝子が目をぎゅっと閉じて、嚙みしめた唇をほつれさせる。同時に顎がせりあがり、仄白い喉元がいっぱいにさらされる。

（やめろ……もう、いい……やめてくれ……おおぉぉ！）

いきりたってきた分身を、竜星はジーンズの上からつかんだ。それは理不尽にもカチカチに硬化して、先走りの粘液で濡れているのがわかる。

（どういうことだ？　俺は愛する女が他の男にされて感じるさまを見て、昂奮しているのか？）

だが、美枝子の持ちあげられた足の親指はぎゅうと内側へ折れ曲がり、次の瞬間、外側へと伸びながら反る。

それが、女が感じて感じてどうしようもなくなったときの反応であることも知っている。

「ここだろ？　うん、ここを擦られるのが好きだろ？」

直行は、ディルドーがGスポットにあたる角度で、素早く抜き差ししている。

「あ、あっ、あっ、あっ……ぁああ、ぁあぁ！」

逼迫した声が洩れ、美枝子は総身をがくがくと震わせはじめた。張りつめた色白の肌が桜の花びらを散らしたように染まり、汗ばんだ肌が絖《ぬめ》のように光っていた。

「イクんだな？　どうなんだ？」

美枝子は答えない。

「答えないなら、やめるぞ」

直行が抽送を止めると、間髪をいれずに美枝子の腰がくいっぐいっと前後に打

ち振られ、

「やめないで、やめないで」

聞きたくない必死の哀訴が耳に飛び込んでくる。

「この、卑猥な腰の動き……だから、お前は俺から離れられるわけがないんだ、ふしだらな身体が、お前の意志を裏切っていく」

「ああ……はうぅぅ」

「いやらしく腰を振って……イキそうなんだな？　イカせてはしいか？」

「……ああ、イキたいの。イカせて、お願い、イカせて……」

「お前は責めてくれるものなら、何でもいいんだな。俺以外の男でも、ディルドーでも。どうしようもない身体だ。お前には心などという高尚なものはない。あるのは、肉体の低級な悦びだけだ。救いようのないビッチが！」

冷たい目をして、直行が尻のほうをつかんだディルドーを速いピッチで動かした。

淫靡な粘着音が立ち、美枝子の持ちあがった足が痙攣しはじめた。

「そうら、イケよ。恥をさらせ。自分が何者か思い知れ」

「……ぁあああ、ぁあぁぁぁ、あっ、あっ……ダメっ……うっ、うっ、やぁあああぁぁぁぁぁぁぁぁぁぁぁぁぁぁぁ、はう！」

美枝子は海老が撥ねるように足をピーンと伸ばし、直行の手から逃れてベッドに横臥し、ビクン、ビクンと震えている。

3

天井裏で、竜星はその凄まじい光景に息を呑んでいた。

隙間から目を離した。

今、目にしたのは、美枝子が自分とのセックスでは見せたことのない、激しいエクスタシーの発露だった。

何よりもショックだったのは、美枝子が「別れる」とまで決意している男相手に、激しく昇りつめたことだ。

ついさっきまでは、自分は美枝子を満足させていると自負していた。その思いが、美枝子への恋情に繋がっていた。

だが……。

自信のようなものが、木《こ》っ端《ぱ》微塵《みじん》に打ち砕かれていた。

そして、自分が天井裏に潜んで、美枝子とその夫の情交を盗み見していることの、どうしようもない惨めさが押し寄せてくる。

もう、見たくない――。

立ち去ろうとした。だが、怖いもの見たさというやつなのか、気づくと、ふたたび目を寄せていた。

天井の細い隙間から見えるのは、全裸になってベッドに仁王立ちした直行の前にしゃがみ、そそりたつものに舌を這わせている美枝子の姿だった。

両手を後手にくくられ、合わさった手首には赤いロープが幾重にも巻きつけられている。すでに、手首から先は赤く充血していた。

そして、夫のイチモツに奉仕をする美枝子の胸の上下には赤いロープが走り、ピンクに染まった乳房の先が痛ましいほどに突出している。

(……………!)

目が離せなくなった。立ち去ろうと決めたはずなのに、微塵も動けなくなった。

直行のイチモツは体格同様に逞しく、堂々として、しかも、五十五歳とは思えないほど鋭角に持ちあがっていた。

ミミズのように血管をのたくらせた禍々しい太棹を、美枝子は愛おしそうに舐め、キスをする。

そして、直行は自分の軍門にくだり、奉仕をする妻の姿に至極ご満悦の様子で目を細めている。

（これが、大人の世界なのか……じゃあ、自分のしてきたことは何だったのだろう？）

ますます自信がなくなっていく。それでも、目が釘付けになっていて離せないのだ。

カリを舌で撥ねていた美枝子が、屹立を上から頬張った。

亀頭冠から胴体へと唇をかぶせ、ゆったりと顔を打ち振る。表面にまとわりついた唇が行き来して、

「お前のフェラ顔はたまらんな」

直行が、乱れた黒髪を慈しむように撫でる。

美枝子はぐっと根元まで咥え込み、そこで静止する。頬が凹んで、肉棒を吸っているのがわかる。

吸引しながら美枝子が顔を左右に振った。まるで、肉食獣が獲物の肉を食い千切るような仕種だ。

「おっ、くっ……」

直行が顔をあげた。ドキッとしたが、目を閉じているから、天井裏に潜む者には気づかないだろう。

そして、美枝子は顔を激しく振りはじめた。

長大な男のシンボルをストロークしながら、腰を微妙に揺すっている。

「どうした？　いやらしくケツを振って……また、あそこが疼いてきたか？　どうしようもない、ビッチマゾだな。そうら、入れてやる。這うんだ」

直行に言われて、美枝子は太棹を吐き出し、ベッドに膝をつく姿勢で上体をゆっくりと倒していった。

ハッとした。尻たぶの底には、あの肌色のディルドーが突き刺さっていた。

（そうか……あそこに張形を入れたまま、フェラチオしていたのか……）

直行は膣から張形を抜き、蜜を光らせたそれの匂いを嗅ぎ、舐めた。

淫蜜の味覚を愉しむように舌鼓を打ち、横に置いた。

それに負けるとも劣らぬ大きさの肉棹をあて、腰をつかみ寄せた。

腰を入れると、太棹が一気にめり込んでいき、

「くっ……！」

美枝子の低い声が聞こえてくる。

「間男を引きずり込みやがって。許せんな、許せん」

直行が右手を振りあげた。次の瞬間、ピシッと小気味いい音が響いて、

「うあっ……！」

美枝子の肢体が躍りあがった。

「十回、叩くからな。二つからだな……ふたーつ」

尻たぶを叩く音が炸裂して、ヒィッと美枝子が身をよじる。

「みっつ……よっつ……いつつ……たまらんな。叩くたびに、あそこが食いしめてくる……むっつ……」

打擲音が響き、突き出しているヒップを平手で打たれるたびに、美枝子は息を呑み、痙攣する。

十叩き終えたときには、美枝子は激しい息づかいで、すすり泣いていた。

「間男をするからだ。もう金輪際、男を咥え込むことはするな。約束できるな」

「……」

「コラッ！　また、ケツを犯すぞ！　この前は、ケツに入れられて、痛い、痛いと泣いていたな。もう許してくださいと詫びを入れていたな。あれをもう一度、味わいたいか？」

アナルセックスまで、していたのか……。

「……わかりました」

「何がわかったんだ？」

「もう、あなた以外の男とは寝ません」

美枝子の言葉が、竜星を完膚なきまでに打ちのめしていた。

「それでいい。褒美によがらせてやる」

呆然自失した竜星の視界のなかで、直行が腰を打ちつけはじめた。両手で腰を引き寄せ、破裂音がするほど強く腰を叩きつける。

「うっ、うっ、うっ」とこらえていた美枝子の気配が、変わった。

「ぁああ、ぁあああぁぁぁ」

と陶酔しているような声をあげ、直行がつづけざまに打ち込むと、

「あんっ、あんっ、あんっ……」

美枝子は甲高い喘ぎをスタッカートさせる。

希望を失くした竜星は、その姿をどこか突き放した目で客観的に眺められるようになっていた。

そして、歓喜に咽ぶ美枝子を、美しい獣だと思った。

責め苦を受けて、むしろ、それを享受して悦びに変えている。それが、美枝子という女なのだ。どうしようもなく、救いようのないサガを抱えた女——。

直行が動きを止めて、尻たぶを撫でさすった。真っ赤に腫れあがった尻を慈しむように撫でまわされ、

「ぁああ、ああ……」

美枝子の声には、悦びの色が滲んでいた。

「叩かれた後にこうされると、気持ちいいだろ？　答えろ」

「はい……気持ちいい。気持ちいい……」

「そうだ。それでいい……素直になった美枝子はかわいいぞ」

直行は深々と突き刺したまま、美枝子の上体を引きあげて、後ろから羽交い締めするように腰をつかった。

「あんっ、あんっ、あんっ……」

両膝立ちの姿勢で突きあげられて、双乳をぶるん、ぶるんと揺らしながら、美枝子は気持ちよさそうに喘ぐ。

直行が右手を乳房に食い込ませた。

上下二段のロープでくびりだされた乳房は紅潮して、汗がにじみ、たわわに張

りつめてぬめる乳肌をぐいぐい揉み抜かれ、

「ぁああ、ああ……いいのよ。いいのよぉ」

美枝子は自らも尻を後ろ突き出し、ポールダンスのダンサーのように腰をまわしている。

股間のものが熱くいきりたつのを感じて、竜星はベルトをゆるめ、ブリーフのなかに右手を突っ込んだ。

先走りの粘液でぬるぬるになったカチカチの分身を握って、しごいた。

（へんだ。俺はヘンタイだ！）

竜星は硬直を握りしめて、また眼下に意識を集める。

と、いつの間にか、直行は仰向けにベッドに寝て、その上に後ろ向きにまたがった美枝子が淫らに腰をつかっていた。

「ぁああ、いい……いいのよぉ……ぁああ、ああ、止まらない」

後手にくくられたしなやかな雌豹のような裸身をのけぞらせ、腰から下を何かにとり憑かれでもしたように、くいっ、くいっと鋭角に打ち振る。

「ぶざまだぞ、その腰づかい……こっちを向け」

直行に言われて、美枝子はゆっくりと時計回りにずれていく。いったん真横を向き、それから、直行の体をまたぎ直して、正面を向いた。

そして、自らの性欲に煽られるように腰をもどかしそうに打ち振る。

（いやらしすぎる！）

女の業を丸出しにした、その何かにとり憑かれたような腰振りと、眉根を寄せた悩ましい表情がたまらなかった。

すべてを忘れて、竜星は肉棹を握りしごいた。

高まる愉悦のなかで、直行が上体を立てて、乳房にしゃぶりつくのが見えた。

赤いロープで絞り出されている乳房をむんずとつかんで揉みながら、乳首を吸い、舐める。

「ぁああ、ぁああ……感じる。感じるのよ……」

夫の手で支えられた腰から上をのけぞらせ、陰毛を擦りつけるように前後に揺すって、心の底からの喘ぎをこぼす美枝子――。

乳首を吸われ、髪を振り乱してうっとりとした顔をさらす、その淫らで美しい姿を見て、竜星は狂ったように肉棹を擦りたてた。

と、直行がその背中に手を添えながら、美枝子を後ろに倒した。

男のものを受け入れたまま両足をM字に開いた美枝子を、直行は両手を後ろについてバランスを取り、下からぐいぐい突きあげる。

「あっ、あっ、はうぅぅぅ」

持ちあげた膝をぶらぶら揺らしながら、美枝子は喘ぎ、顔をせりあげる。

「女房失格のお前だが、ひとつだけいいところがある。それは、お前のオマ×コだ。吸いついてくる。締まってくる。わかっているだろうが、俺が美枝子と一緒になったのも、この性能抜群のオマ×コのせいだ。決して、お前に惚れたわけじゃない。それを肝に銘じておけ」

傲慢に言って、直行が膝を抜いて、上体を起こした。

美枝子の両膝の裏側をつかみ、ぐっと持ちあげて開き、膝が腹につかんばかりに押さえつけた。

「お前はこの体位が好きだ。この格好で、膣の天井を擦られると簡単にイッてしまう。そうだな？　ほら、答えろ」

「はい……美枝子は簡単にイッてしまいます」

「そうだ、いい返事だ。いつもそうやって素直でいろ。かわいがってやる。愛してやる。俺に感謝しろ。俺がいなくなったら自分がどうなるか、よく考えろ。いいな」

直行が腰をつかいはじめた。

両膝を押さえつけたまま、ぐいぐいと打ち込んでいく。

そして、美枝子は顔をのけぞらせて、「あん、あん、あん」とさしせまった声をあげる。まるで、全身が楽器になったような、よく響く、男を骨抜きにする喘ぎ声だった。

美枝子がこの体位がもっとも感じることは、竜星もこれまでのセックスでよくわかっている。

(そんなにいいのか？　いいんだよな。気持ちよくなっちゃうんだよな)

竜星は細い隙間から眼下の光景を見つめながら、肉棹を強くしごいた。

ひと擦りするたびに、頭の芯がどろどろに蕩け、熱い愉悦がひろがり、うつろになっていく。

「おおぉ、お前のマ×コはたまらんな。おおぉ、おおぉ」

直行が吼えながら、腰を叩きつける。

「あっ、あっ、あっ……いい。いいの……イク、イッちゃう……あなた、美枝子気を遣る」

美枝子が下から直行を見あげるその目に、あのすがるような哀切な色を感じとって、竜星も内臓がよじれるような嫉妬に焼かれながらも、肉棹をしごきまくった。

もう、ダメだ。出そうだ――。

「イケよ。イッていいぞ。俺に身をゆだねろ。お前を守ってやる。お姫様のように奉ってやる……おおぅ、そうら」

直行がたてつづけに腰をつかった。

「あっ、あっ……ぁあああああ、イク……イキます」

「イケよ」

「ぁああ、ぁああ……イクぅ……やぁぁああああああぁぁぁぁ、はうっ！」

美枝子がのけぞり返るのを見て、ぎゅっとしごいたとき、竜星も目くるめく瞬間に押しあげられた。

快感が強すぎて、体が弾け飛ぶかと思った。

間欠泉のように噴き出してはやみ、またあふれでる。粘液がブリーフに溜まって、じゅわっと温かくなった。

かくん、かくんと体が揺れかかり、必死に抑えた。

嵐のような絶頂が通り過ぎていって、竜星は快感の残滓《ざんし》を引きずりながら目を開けた。

隙間に目をあてると、ぐったりとしてベッドに横になっている二人の姿が見えた。

直行は大の字になって目を瞑り、ぜいぜいと息を切らしている。

そして、美枝子は縛られた手をかばって横臥し、静かな息づかいで幸せそうに目を閉じていた。

第五章　乱交カップル

1

翌日、竜星はホンダにまたがって、南軽井沢の別荘地を走っていた。

昨夜はあれから、ひそかに別荘を出た。

最初は天井裏で様子をうかがいながら、美枝子を略奪してしまおうかとも考えた。彼女は竜星を愛してくれている。自分も美枝子に恋をしているのだから。

だが、しかし――。

美枝子が夫を嫌いながらも、結局は彼を受け入れ、竜星を相手にしたとき以上に激しく昇りつめたことが、竜星を打ちのめしていた。そして、彼女は、夫以外の男とは寝ない、と誓った。

閨《ねや》で、夫に口を合わせただけのことかもしれない。

だがあの瞬間、確かに彼女はそう感じていた。たとえ一瞬でも、あれは美枝子の真実だった。

だいたい、自分のような職も持たない男が、社長夫人の座を美枝子から奪っていいはずがない。

それでも、竜星はホテルに戻って、未練たらしく彼女からの連絡を待った。

もし美枝子が、夫は帰ったから別荘に来て、とでも言ってくれたら、間違いなく飛んでいっただろう。

だが、美枝子からのメールも電話もなかった。

おそらく直行に連れ戻されたのだ。竜星とのことも、諦めたのだろう。ダンナに抱かれているうちに、気持ちが折れたのだ。だから竜星を裏切ったという罪悪感で、連絡をしにくかったのだ。

昼前にホテルを出て、バイクで別荘の前を通ってみた。案の定、駐車場には二人の車はなかった。

所詮、竜星とのことは、社長夫人のちょっとした火遊びだったのだ。竜星は、美枝子が夫に抱いていた不満を解消するには最適の男だったのだろう。

憂さを晴らして、美枝子は日常に戻った——。

だから、竜星もそんなに落ち込むことなどないのだ。最初から、釣り合う相手ではなかった。所詮、叶わぬ恋だったのだ。

夢を見させてもらえただけ、幸運だった。自分は元に戻っただけだ――。

そう自分に言い聞かせて、竜星はバイクを走らせた。

忌まわしい記憶を拭い去るために、軽井沢を離れようかとも考えた。

だが、どうしてもここを離れる気にはなれなかった。

ひとつは、軽井沢周辺の留守の別荘を借りの宿にすることに、うま味を見いだしていたからだ。

まるで、ヤドカリのような生活だが、こうするしかなかった。

もうひとつは、もしかして、美枝子が自分の元に戻ってくるのではないかという、希望を捨てきれなかったからだ。

それが、甘い考えであることはわかっている。だが、一縷《いちる》の望みにすがっていたいという気持ちも心のどこかにあった。

さすがに、生々しい記憶が残る旧軽井沢に滞在するのはつらくなり、北軽井沢に向かった。

美枝子から渡されたホテル代はまだ少し残っていたが、ホテルに一泊すればなくなる金額だった。竜星があらかじめ所持していたお金と合わせても、二万弱しかない。何があるのかわからないのだから、最低、この程度は持っておきたい。

ホテルを利用したら、翌日からの生活は心もとなくなる。

道路の両側には、思い思いの形をした別荘がひっそりと建っていた。オフシーズンを迎えているためか、人影もなく、静かに眠っている感じだ。

右側に××温泉と書かれた看板が立っていた。立ち寄り湯が可能な温泉らしい。考えたら、このところまともにお湯につかっていなかった。

文字通り、昨日までのことを洗い流したくなり、右折した。

すぐのところに、意外にしっかりした造りのホテルのような建物があり、その駐車場でホンダを停めた。

一階の受付で金を払い、大浴場へと向かう。八百円の出費は痛いが、仕方ない。こんなオフシーズンでも、温泉だけは人気があるのか、それなりに人は入っていた。無色透明のアルカリ性温泉につかり、旅の垢と、そして、美枝子の記憶を流したかった。

お湯から出て、レストランでカレーライスを食べた。

腹がいっぱいになると眠くなり、温泉の畳の休憩所で少し横になった。

その頃には、今日の仮の宿を見つけなくてはと、気が急《せ》いた。

駐車場を出て、別荘地の細い道を走る。

すでに日は暮れかけていたが、明かりが灯っている別荘は数えるほどだった。と、林のなかにひっそりと建つ平屋のレンガ色の小さな別荘が目に入った。

道路からは見えにくく、これなら、たとえ明かりが漏れても、目立たないだろう。

（ここなら……）

近づいていって、駐車場から離れた目立たないところにホンダを停めた。

建物の周囲をぐるっとまわって点検する。雨戸が閉まり、駐車してある車も人の気配もない。警備会社も入っていないようだ。

玄関には『岩井《いわい》』というネームプレートがかかっている。人影がないのを確認して、玄関の前にしゃがんだ。

開錠セットを取り出して操作すると、簡単なシリンダー錠はものの数分で開いた。幸い警報は鳴らない。この程度の別荘では、管理にさほどお金を使う必要を感じないのだろう。

玄関扉を開けて、そっとなかに入る。

旧い建物の多湿環境と長時間の密閉によってもたらされる、饐《す》えたような匂いが鼻を衝く。

ケータイの明かりで照らしてブレーカーをあげると、廊下の蛍光灯が瞬きながら点いた。

靴を脱ぎ、その靴を隠して、家に上がり込んだ。

やたら広いリビングキッチンに和室と洋間がひとつずつのコンパクトな造りだったが、まったく整理整頓がされておらず、雑誌や、ティッシュボックスなどの生活用品が散乱していた。

(おいおい、もう少し片づけたらどうなんだ)

建物自体はしっかりとした造りで金がかけてあったが、壁紙は剝がれかけているし、天井にはところどころシミが浮き出ていて、まったくメンテナンスがなされてない。

だが、この見捨てられたような別荘が、かえって好都合に思えてきた。

これなら、ねぐらにはもってこいだ。

システムキッチンに置いてある冷蔵庫には、ミネラルウォーターと缶ビールが残っていて、野菜室には腐ったようなキャベツやニンジンが入っていた。

ガスコンロは、ＬＰガスの栓が開けられているらしく、ひねると点いた。水道も止められていない。

キッチンの戸棚には、カップ麵、レトルトのご飯、カレーなどがたっぷりと貯蔵されてあった。

これなら、しばらくは暮らしていけそうだ。だが、いつ何時持ち主がやってこないとも限らない。

家捜しすると、洋間のタンスには、若い男が着る小洒落た服と下着が乱雑にしまわれていた。

(と言うことは……『岩井』はどこかの御曹司で、親からもらったか何かして、この別荘を使っているってことか？　それとも、若くして成功したIT関連会社の起業家とか？)

だが、いつ岩井が来ないとも限らない。裏口はないから、いざとなったら逃げ場がない。もしものときに備えて、和室の押入れにある昇り口から天井にあがってみた。平屋だからだろうか、屋根裏が広い。

切妻《きりづま》屋根になっていて、中央は普通に立てるほどのタッパがあった。

天井裏の調査を終えて、下に降りる。

広々としたリビングには目ぼしいものがなく、和室も押入れに客用の布団がしまってあるだけのがらんとした部屋で、洋間を今度はじっくりと調べた。

セミダブルのベッドには、明らかに女のものだとわかる長い茶髪が何本も、よれたシーツについていて、それが、このベッドで行なわれた岩井と女との情事を想像させる。

(ラブホ替わりか……)

内心で舌打ちし、さっき調べた洋服ダンスの引き出しを開けると、スキンの箱が一ダースほど詰まっていた。その横には、臙脂《えんじ》色のブラジャーとパンティのセットがあった。

手に取ってみると、明らかに使用済みのもので、二重の基底部の裏がごわごわになり、白っぽいものがこびりついていた。

(おいおい、何やってんだ)

岩井という男の性生活に思いを馳せながら、ついつい使用済みパンティの匂いを嗅いでいた。

沁み込まされたフローラルな香りに、どこか懐かしい磯の匂いが混ざっていて、その女の生身をも想像させる微妙な芳香が鼻孔から体内へと忍び込んでくる。

それが、下腹部にも届いて、力を漲らせ、竜星はジーンズの上から勃起を握った。

羽毛のようにかるい臙脂の布きれを鼻に押しつけて、ふくらみを擦っているうちに、無性に出したくなった。

ジーンズとブリーフを膝までおろし、ベッドにごろんと寝転んだ。

すでにカチカチで顔に向かっている肉の棹をしごき、パンティを鼻に押しつけて、甘ったるい芳香を吸い込んだ。

頭に浮かんだのは、矢島美枝子だった。

（くそっ、何でだ。美枝子は俺を裏切ったんだぞ。彼女を忘れなくてはいけないんだ。なのに、どうして？）

違う女を思い起こそうとした。だが、下腹からの快感がふくらんでくるにつれ、まるで連動したように、美枝子の悩ましい表情や喘ぎ声が鮮明によみがえってくる。

（最低だ。俺を捨てた女を思って、オナニーするとは）

だが、やめられなかった。

後手にくくられた美枝子が、自分の腹の下で、アンアン喘いでいる。

と、美枝子ががくがくと震えはじめた。

脳裏のスクリーンに、美枝子の今にも達しそうな歪んだ美貌が一面にひろがり、いきりたちを擦るたびに熱い痺れが急速にひろがった。

とっさに、枕元に置いてあったティッシュボックスから、ティッシュを抜き取り、それで亀頭部を包んだ。

迸る白濁液をティッシュで受け止めながら、竜星は射精の快感に酔いしれた。

だが、出してしまうと、自分のしたことに死にたくなるほどの自己嫌悪を覚えた。

(最低だ……)

栗の花の異臭を放つティッシュをまるめ、ベッドを離れ、キッチンのゴミ箱に捨てた。

疲労を感じ、ソファに横たわり、ふわふわの膝掛けをかけた。

目を瞑ると、このところの疲れが出たのか、あっと言う間に眠りの底にすべり落ちていった。

2

どのくらいの時間が経ったのだろう。

自動車のエンジン音と停まる音で、竜星は目を覚ました。

ジャガジャガと煩《うるさ》い音楽が聞こえ、つづいて、エンジン音が消え、バタン、バタンと車のドアを乱暴に閉める音がする。

(ここの駐車場だ。誰だ、岩井か!)

岩井だとしたら、滞在している様子はなかったから、今日、別荘にやってきたということだろう。

間の悪さを呪いながらも、竜星は玄関に走り、靴をつかんでブレーカーを落とした。

暗がりのなかをケータイの明かりを頼りにリビングに戻り、リュックを背負った。

裏口はないから、残された道はこれしかなかった。

竜星は和室に走り、押入れから天井にあがった。

あがってすぐの梁の上で身を潜め、息を凝らしていると、玄関のほうから男と女の声が聞こえた。会話の内容ははっきりしないが、何人かいるようだ。

バタバタという足音が近づいてきた。おそらくリビンクからだろう、

「寒いな。コウジ、ヒーター点けろや……そこに床暖のスイッチあるから」

若い男の声がする。おそらく彼が岩井だろう。

「これで、いいすかね」

「ああ……それから、お湯沸かしてくれ。親父がもらった高級ウイスキーがあっから、アイリッシュコーヒーでも呑もうか……いいすよね、チヅルさん?」

「あったまりそう! わたしはいいけど……ヒトミはどう?」

若い女の声がし、もうひとりの女のぼそぼそと呟く声がして、

「いいみたい。沸いたらわたし作るから」

チヅルが答えて、それから、しばらく会話がつづいた。どうやら、男二人に女二人という組み合わせのようだ。

(どういう関係だ。ナンパされて、ついてきたのか?)

興味が湧いたものの、発見されるのが怖くて、動けない。

漏れ聞こえる会話から推して、チヅルとヒトミは東京にある大学の四年生で卒業も就職先も決まり、卒業旅行もかねて、軽井沢にやってきたらしい。

そして、岩井もコウジも東京の大学生で、コウジが後輩。

一流企業の役員である父親が、この別荘を保有しているのだが、父親はもっぱら海辺にあるもう一件の別荘を使っていて、この別荘は息子の俺が自由にしてい

る――岩井の自慢げな声が聞こえた。

三十分ほど経過しただろうか、急に話し声がやみ、代わりに、

「ううん、ああん……」

と、女の低い喘ぎ声が、屋根裏にも漏れてきた。

(おいおい、はじめたのか?)

興味を引かれて、竜星は梁の上をリビングの天井裏までそっと這っていく。

どこか覗くところはないかと見まわすと、断熱材の間からわずかに明かりが漏れていた。

横木が体重に耐えられるかどうか確かめ、大丈夫と判断して、枡目状に組んである横木を慎重に歩き、明かりが漏れている板と板の隙間に目を近づけた。

ほぼ真下に見えたのは、ソファの上で、モデルのような体型のイケメンに抱きしめられ、キスされながら、ジーンズのなかをまさぐられているロングヘアの女の姿だった。

視線を移すと、絨毯の上では小柄な女が、チビの男に肩を抱かれ、いやいやをするように首を振っている。

その関係性から推《お》して、ソファの上の二人が、リーダー格の岩井とチヅルで、

絨毯に座っているのが、コウジとヒトミだという気がした。

軽井沢を訪れた女二人が、この別荘を持つ男をリーダーとした二人組に声をかけられ、おろかにも誘いに乗って、ここにやってきた。そして、男たちの目論見どおりにセックスに流れ込んだということだろう。

ソファでは、岩井がチヅルのジーンズに手をかけて、脱がそうとしていた。

チヅルがそれを制して立ちあがった。長身で、目の大きいきりっとした美人だった。自らジーンズをおろし、足先から抜き取った。

黒のストレッチタイプのTバックショーツをつけていて、そのきゅっとあがったヒップがほぼ丸見えだった。

「寒いわ。岩井さん、もっと暖房、強くしてもらえる?」

チヅルに言われて、岩井が灯油ストーブのスイッチを入れた。ボッと音がして、赤い炎が反射鏡に映える。

「これでいいだろ」

「ええ。ありがとう」

岩井がセーターとズボンを脱ぎ、さらに、ブリーフもおろした。

Tシャツ一枚になった岩井の下半身から、隆々とした屹立が反りながらいきりたっていた。

この容姿に、このデカマラか……。

おまけに、会社役員の息子で金に困ることはない。

きっと、親父のコネで一流企業に就職して、出世して、いいところのお嬢様を嫁にもらい、そして、不倫しまくるのだろう。

やりたい放題しやがって――。

自分とのあまりの境遇の違いに、無性に腹立たしくなった。

と、チヅルもシャツを首から抜き取った。黒のハーフブラジャーがゴムまりみたいな乳房を持ちあげ、上から見ているためか、そのふくらみがいっそう際立って見える。

チヅルが背中に手をまわし、ブラジャーを外した。

こぼれでた双乳を両手で隠す女を、岩井は正面から抱きしめ、唇を奪った。そのままソファに倒して、体を重ねていく。

と、チヅルも腕をまわして、Tシャツ越しに背中を撫でまわした。

(女二人で軽井沢に来たんだから、こうなることを願ってたんだろうな。卒業旅行って、何からの卒業なんだよ?)

心のなかで毒を吐きながら、もう一組のことが気になって、視線を移した。

小柄でボブヘアの女が絨毯に横座りして、背後からコウジが白いセーターの胸に両手を伸ばしていた。

そして、ヒトミは腋を締め、男の手を外そうとしている。

「岩井さん、ヒトミちゃんいやがってますけど……」

コウジが救いを求めた。

「うるせえな、自分で何とかしろよ。ついてきたんだから、その気はあるんだよ」

岩井が面倒くさそうに言う。

「ヒトミ、まだあまり経験がないから、やさしくしてあげて」

チヅルが言葉を挟んだ。

「そうだってよ。わかった？」

「……ああ」

コウジがヒトミの耳元で何事か呟いて、セーターの裾から手を入れ、胸のふくらみを揉みはじめた。

ヒトミはいやいやをするように首を振っていたが、うなじをぺろりと舐められて、「あっ」と喘いだ。

「ぁああ、いいよ。上手いな、チヅルは。たまんねえよ」

岩井の声に視線を戻すと、ソファに足を開いて座った岩井の前にチヅルがしゃがんで、股間に顔を寄せていた。

身体を屈めて腰を突き出しているので、ぷりぷりっとした尻の真ん中に黒の細い紐が走り、丸々とした尻たぶがゆで卵みたいな光沢を放っていた。

そして、竜星はショーでも見物する気分で、天井裏から四人のセックスを眺めているのだった。

チヅルはロングヘアをかきあげて耳の後ろに束ね、

「んっ、んっ、んっ」

と声をあげて、屹立に唇をすべらせた。

それから、吐き出して、岩井を見あげながら、右手で肉棹を握りしごいている。

(まるで、AV女優だな)

今の大学生はエッチ映像を見慣れているのだろうか？　それとも、男に教えてもらったか？　いや、雑誌のセックス特集で読んだとも考えられる。

それにしても、いやらしいし、堂に入っている。

ジーンズの股間が張りつめてくるのを感じながら、その姿に見入っていると、岩井が立ちあがって、チヅルをソファに這わせた。

腰を突き出したチヅルのＴバックの後ろをつかみ、引っ張りあげて、左右に揺すった。

紐のようになった布地が女の谷間に深々と食い込み、

「ぁああん……いやよ、しないで……ぁああ、ダメだったら」

チヅルが打って変わって、甘い鼻声を洩らす。

「ダメだって言うわりには、ネチネチって音がするけどな。おいおい、変色したびらびらがはみ出してるぞ」

「もう、ちょっと、そんなこと言うなら……」

「いやだったら、今からホテルに戻りなよ。仲良し二人組で朝まで楽しく思い出話に興ずればいい」

言われて、チヅルが押し黙った。

「なっ、チヅルと楽しみたいんだ。わかってくれよ。チヅルだってそうだから、ついてきたんだろ？」

問われて、チヅルが覚悟を決めたのか、ゆっくりとうなずく。

「だったら、ごちゃごちゃ言わずに、楽しもうぜ……そうら、こうする間にもどんどん濡れてきた……チヅル、おしゃぶりが大好きだもんな。しゃぶり方でわかったよ」

岩井はTバックをひょいと横にずらした。

斜め上方から見ている竜星には、尻たぶの切れ込みと肉の亀裂が目に入る。

岩井の指が揃えて押し込まれ、二本の指が出し入れされる。

と、見る間にチヅルの気配が変わり、

「あっ……あん、そこ……くっ……くっ……」

顔とともにさらさらのロングヘアを撥ねあげ、美しく反った背中をいっそうしならせ、もっと深くにとばかり尻を突き出した。そのとき、

「ああ、ちょっと、いや……」

チヅルとは違う女の声がして、声のほうに目をやる。

ヒトミが絨毯に横臥して、胎児のように身体を丸めていた。そして、いやがるヒトミをコウジが無理やりという様子で触っていた。

すでに、白いセーターはたくしあげられ、白いブラジャーもずりあがって、小玉スイカを二つくっつけたような、たわわすぎる乳房がのぞいていた。

その乳房をコウジが鷲づかみにして、もう一方の手はまくれあがったスカートの奥に入り込んで、肌色のパンティストッキングから透け出る白いパンティの基底部を、強引にさすっていた。

ヒトミはいやがる素振りを見せながらも、少しは感じるのか、時々、「あっ……あっ」と声を洩らす。

それでも一線は越えたくないのだろう。身体を丸めて、必死に自分を守っている。

竜星のなかで、やめさせたほうがいいのではないかという思いと、いや、自分が関わったら、すべてがばれてしまうという相反する気持ちが交錯していた。

「ぁああん……っ！」

女の喘ぎ声に目をやると、チヅルを岩井が後ろからワンワンスタイルで貫いていた。

床の絨毯に足を踏ん張ったチヅルの尻を引き寄せて、後ろに立った岩井が腰を振っている。

パチン、パチンッと派手な音がして、

「あん、あん、あんっ……」

腰を後ろに突き出したチヅルが、甲高く喘ぐ。

ただならぬ気配に視線を移すと、二人のファックに刺激されたのか、コウジがヒトミのパンティストッキングを無理やり脱がそうとしていた。

「やめて！　もう帰ります。やめてください！」

ヒトミのバタつかせた足があたって、コウジがみっともなく後ろに倒れた。

「岩井さん、こいつひとりじゃ無理すよ。助けてくださいよ」

コウジが蹴られた胸板を押さえて、岩井を見た。

「ちっ、しょうがねえな。そっちがそうだと、こっちも集中できねえんだよ……チヅルさん、ちょっと待っててね」

猫撫で声で言って、岩井はヒトミに近づいていく。

「ヒトミちゃん、困るんだよ……カマトトぶってないで楽しもうよ。こういうのは共同作業だからさ」

岩井はヒトミを舐めるように見て、後ろにまわり、ヒトミを羽交い締めした。

「コウジ、脱がせろよ。早く！」

それでも、蹴ってくるヒトミの足を苦労してつかみ、コウジがパンティストッキングに手をかけた。

パンティストッキングが引っ張られて抜き取られ、白いパンティの張りつく下腹部がよじれた太腿からのぞく。

コウジがパンティの両端に手をかけて、力ずくで引きおろしていく。

(おい、おい、それはないだろ!)

まだ経験の少なそうな女の子がこんな状態で二人がかりで犯されたら——。

確かに竜星も、最初は美枝子を強引に犯した。だが、あれとこれではまったく状況が違う。このままでは、自分はレイプをただただ傍観することになる。

きっと、強く後悔する。罪の意識に苛まれるだろう。

(ええい、ここは……)

竜星は覚悟を決めた。音が立つのもかまわず天井裏を歩いて、押入れから降りた。

リビングに駆けつけると、男たちも天井裏の足音を聞きつけていたのだろう、ズボンをあわてて穿こうとしていた。

「何だ、あんたは? 不法侵入だぞ!」

ズボンをあげようとして蹈鞴《たたら》を踏みながら強がる岩井が、滑稽だった。

「来いよ、逃げるんだ!」

びっくりして目を見開いているヒトミの腕を引き、竜星はリビングを出た。

「おい、こら……」

ズボンを膝まであげたコウジが追ってこようとして、足をもつれさせて倒れた。チヅルは何が起こっているのかまだつかめないという様子で、ただただ二人を眺めている。

玄関で隠していた靴を出し、ヒトミにローファーを履かせて、二人で玄関から外に飛び出した。

林の物陰に停めてあったバイクのタンデムシートのヘルメットをヒトミにかぶらせ、またがらせ、バイクをキックしてスタートさせた。

森閑とした夜の別荘地を走ると、ヒトミはリュックを背負った竜星の胴体に、ぎゅっとしがみついてきた。

3

十五分後、竜星は小洒落たペンションの部屋に、瞳とともにいた。いかにも女の子が好きそうなファンシーなインテリアの客室だ。

ここへ来る途中で、ヒトミは五十嵐《いがらし》瞳と名乗り、東京の女子大の四年生で、仲のいい津田《つだ》千鶴と二人で軽井沢に卒業旅行にやってきた。そして、ガイドブックに載っていたイタリアンレストランで食事をしているときに、二人に声をかけられ、千鶴が乗り気で、瞳もいやだなと思いつつも行動をともにしてしまったのだと聞いた。

ソファに腰をおろした竜星は、瞳に訊かれるままに名前を教え、なぜあそこにいたのかをかいつまんで話した。

隣に座った瞳は申し訳なさそうに、

「ほんとうに助かりました。何てお礼を言ったらいいのか……」

と、竜星につぶらな瞳を向ける。

こうして間近で見ても、眉の上で切れ揃えられたボブヘアの似合うかわいい顔をしている。いわゆる癒し系で、少しぽっちゃりしているが、醸しだすのんびりした雰囲気が男を楽にさせる。

ひどい目にあったのだから、内心は怯えているのだろうが、それは表面には出さずに平静を保っているところが、けなげだった。

「……あの、今夜はどこに泊まられるおつもりですか？」

瞳がおずおずと訊ねてくる。

「どうしようかな……もう、あそこには戻れないしな。もともと不法侵入だしね。今からホテルは無理だろうし……」

「あの……もしよかったら、ここにいてくださいませんか？　わたし、ひとりでいるのが怖くて」

すがるような目が、男の保護欲のようなものをかきたててくる。

「ここは、二人には知らせてないし、いくらなんでも千鶴が教えるとは思えません。でも、すごく不安で……吉崎さんも今夜の宿がないんだから、へんな言い方だけど、ちょうどいいかなと思って」

「そうか……なら泊めてもらえると、助かるかな」

「よかった」

瞳の黒目勝ちの目が、ぱっと輝いた。

セックスを終えた千鶴が帰ってくる可能性はあるが、たとえこの部屋に来たとしても、竜星は瞳とセックスする気はないから、問題ないだろう。

瞳は魅力的だが、犯されかかった女に追い討ちをかける気には、さすがになれなかった。

保護者気分で言った。

「疲れてるだろう。大変だったもんな。ベッドで横になりなよ」

「……でも」

「いいって。俺はソファで横にならしてもらうから」

瞳はためらっていたが、やがて、セーターだけ脱ぎ、白いTシャツ姿でダブルベッドに入り、布団をかぶった。

竜星も明かりを消して、ソファに横になった。

だが、今日体験した刺激的すぎる出来事が脳裏をよぎって、いっこうに眠気はやってこない。

どのくらいの時間が経過したのだろう、ベッドがもぞもぞして、

「あの……」

顔を向けると、Tシャツ姿の瞳がベッドで半身を起こして、竜星を見ていた。

「あの……ここに来てください。助けていただいた方をソファでなんて、申し訳なくて」

「いや、いいよ。ここで充分だから」

「……ほんとはそうじゃなくて……ひとりで寝ていると、怖くて……もしよかったら、ここに来て、添い寝してもらえませんか？」

「添い寝って……いいのか？　俺も男だぞ」

瞳が意を決したようにこくりとうなずいた。

抑えていた性欲がぞろりと下半身を撫でるのを感じながら、竜星は立ちあがった。Tシャツにジーンズ姿でベッドにあがり、瞳の隣に体をすべり込ませる。

と、瞳が身を寄せてきたので、竜星も反射的に右手を伸ばして、腕枕していた。

髪の爽やかなシャンプーの残り香が鼻孔をくすぐり、Tシャツに包まれたたわわな胸が息をするたびに波打って、柔らかな弾力を伝えてくる。

美枝子との情事で体がセックスモードに入ったままなのか、股間のものが力を漲らせてくる。

「すごく感謝してるんです。助けてくれなかったら、今頃わたし……」

「俺だって不法侵入して、天井裏から覗いてたんだから、褒められたものじゃないさ」

「でも、天井でずっと覗いていることだって、できたんでしょ。なのに、危険を覚悟でわたしを助けてくれたわ」

「あの、岩井とかいう、ふざけたお坊ちゃんに腹が立ってたから。それに……きみがあんなことされるのを見ていられなくて……」

「吉崎さん、頼れるんですね」

「よせよ。俺なんか、中途半端なプー太郎で……」

次の瞬間、唇が柔らかなもので、ふさがれていた。

瞳の唇だった。

（えっ……？）

唇がいったん遠ざかっていき、瞳が上からじっと見つめてくる。

つぶらな目がきらきらしている。

危ないところを助けてくれた男に、恋に落ちる——女性にはよくあるパターンだ。もちろん、自分が恋するに値するような男ではないことは、よくわかっている。

だが、たとえそれが錯覚でも、この瞬間だけは、恋するに相応しい男を演じたいという気持ちもある。

それに、つらい別れを経験した直後だけに、瞳が自分を敬愛してくれていることが、傷ついた心を癒してくれる気がした。

今度は、竜星のほうから唇を合わせていた。

初々しく紅潮した頬を引き寄せて、唇を重ねた。体同様にぽっちゃりした唇は触れているだけで、女の豊かさを感じさせてくれる。

それは、情念の塊のような美枝子の唇とは違って、ひたすらやさしく、柔らかく、慈愛に満ちていた。

やはり、女はすごくいいものなのだ——。

背中を撫で、ひろがった唇の間に舌を差し込んだ。

瞳も応えようと、舌をぶつけてくる。ぎこちなかった。それでも、下手なりに一生懸命に舌をからませ、唇を重ねてくる。

プラムのように張りつめているが柔らかな唇、洩れでる息の温かさ、そして、唾液のぬめり……。

抗しがたい欲求に駆られて、竜星は体を入れ替えて上になった。

キスを唇から首すじへと移していくと、

「あっ……」

瞳はか細く喘いで、ビクッと身体を震わせる。

どうしていいのかわからないと言ったように手をさまよわせ、最後は竜星の肩に置き、唇をぎゅうと噛みしめている。

やはり男性経験は浅いようだが、そのとまどいをむしろ好ましく感じる。

やさしく、やさしくと自分に言い聞かせて、竜星は首すじにキスをしながら、

Tシャツの裾から手をすべり込ませた。

ブラジャー越しに乳房を揉むと、量感あふれるふくらみが手のひらのなかで柔らかくしなって、

「ぁああ、くううぅ……」

瞳は顔をのけぞらせて、肩をつかむ指に力を込める。

「大丈夫だよ。きみを傷つけるようなことはしないから」

そう言って、竜星はさっき別荘で覗き見た、瞳の小玉スイカみたいな大きな乳房を思い出しながら、ふくらみをやさしく揉みあげた。

ブラジャーの上からでも、乳首の突起を感じる。つまんで、くりくりと転がすと、

「あああっ……」

瞳が顎をせりあげた。

(感じている……感じてくれている)

勇気づけられて、竜星はスカートをたくしあげながら足の間にすべり込ませた。

太腿をなぞりあげていって、アッと思った。パンティの感触がなかったからだ。

(そうか……)

別荘で、瞳はパンティストッキングとパンティを脱がされて、そのままバイク

に乗り、ここでも着替えていないから下半身は無防備なままだったのだ。

女の証に触れようとすると、

「ダメっ！」

太腿が強くよじりあわされ、手を挟みつけてくる。

瞳が眉根を寄せ、首を激しく横に振った。

「恥ずかしいわ」

「……」

「さっき下着なしでタンデムにまたがったから、だから……」

「……もしかして、感じちゃった？ バイクの振動で？」

訊くと、瞳が目を伏せてうなずき、顔を両手で覆った。

二気筒のエンジンの力強く、規則的なストロークは、バイクにまたがっていると癖になる。心地よいのだ。

タンデムシートでも、ノーパンでまたがって男に抱きついていれば、直接その振動を感じれば、女性が妙な気持ちになるのは充分わかる。

これまでも、タンデムに乗せた女性が発情して、降りてすぐにせがまれて、抱いたこともある。

「恥ずかしがることじゃないさ。そういうケースもある」

「あるんですか？」

「俺だってバイクにまたがってエンジンの振動を感じると、そういう気になる。だから、不思議なことじゃない。とくに、きみはノーパンだったから……俺もきみとしたいよ」

言い聞かせておいて、ゆるんだ太腿の奥へと右手を届かせた。ぬるっとしたものを感じて、

「いやっ……！」

瞳がいっぱいに顔をそむけた。

やはり、そこはたっぷりの蜜を滲ませていて、蕩けたような肉襞が指にそのふやけたような感触を伝えてくる。

（ああ、経験の少ない女でも、こんなにぬるぬるにするんだな）

慎重に泥濘《ぬかるみ》をなぞると、それだけで、

「んっ……あっ……あっ……」

瞳は竜星の肩をつかんで、女の声を洩らす。

だが、しばらくすると、また太腿をぎゅっと閉じて、いやいやをするように首

を振った。恥ずかしがっているというより、自分が感じてしまうことにとまどっているように見えた。

「怖がらなくていいんだよ。触ってみて」

竜星は、瞳の右手を股間に導いた。

ジーンズを持ちあげた勃起に触れさせると、おずおずと握ってくる。しなやかな指を布地越しに勃起にからませて、ゆるゆると擦っていたが、少しずつ大胆になって、斜め上方にいきりたっている肉柱をぎゅっと握って強くしごいては、吐息をこぼす。

「どう？」

訊いても答えずに目を伏せる瞳の、羞じらう様子がかわいかった。

竜星はジーンズとともにブリーフを脱いで、猛りたっているものをふたたび握らせる。

瞳はギンとした肉棹の感触を確かめるように指をすべらせ、亀頭冠に指を伸ばし、開いた雁首のエッジをためらいがちになぞってくる。

「気持ちいいよ、すごく……もし、よかったら、よかったらでいいんだけど、舐めてくれないか？」

「……吉崎さんがそうしてほしいなら」

「そうしてほしい」

きっぱり言うと、瞳は目をきらきらさせてこくんとうなずいた。

こうなることを望んで、瞳を助けたわけでは無論ない。だが、危険を冒したことは確かだ。人間、何か思い切ったことをすると、思わぬ幸運が転がり込んでくるものらしい。

ベッドに仰向けに寝ると、下腹部に瞳が横からかぶさってきた。いきりたつものをそっと握る。

それから、顔を寄せて、尿道口をおずおずと舐めてくる。

やはり初めてではないようだ。だが、やり方はぎこちない。時々、思い出したように根元を指で擦りながら、割れ目にちろちろと舌先を遊ばせる。

「うっ、ああ……」

声を出していた。舌先が溝に入り込み、くすぐったさがジンとした痺れにも似た快感に変わった。

瞳は自信がついたのか、小さな唇をいっぱいにひろげて、亀頭部を含んだ。

根元を三本の指で握りしごきながら、上下動する指に唇を打ちつけるように小刻みに顔を打ち振った。

瞳のように純な女の子が、竜星を気持ちよくしようと一生懸命にしごいてくれる。

そのことが、竜星のぽっかり開いた傷口をふさいでくれるような気がした。

湧きあがる甘い陶酔感に身を任せた。

しばらくすると、その献身的な努力に報いたくなる。瞳を悦ばせたくなる。

瞳の尻を自分のほうに引き寄せ、尻を覆うスカートをゆっくりとまくりあげた。

仄白い尻がもろに見えて、

「んっ……！」

瞳が尻たぶを引き締めて、口のスライドを止めた。

ハート形にふくらんだ尻の底で、薄い飾り毛とともに、ぷっくりした女の恥肉がひろがって、内部の赤みをのぞかせている。

すごい濡れようだった。オリーブオイルを塗りたくったような狭間に指を添えて、上下になぞると、

「うっ……うっ……」

瞳はもう口を動かすこともできずに、ただ咥えた状態で、ビクッ、ビクッと腰

を震わせる。

「悪いけど、俺をまたいでくれないか？」

瞳はとまどっていたが、心を決めたのか、あらわになった尻の底に顔を寄せた。片足を持ちあげて、竜星の胸をまたいでくる。

垂れ落ちてきたスカートをめくりあげて、濡れそぼる肉の唇に舌を這わせると、

「んんんっ……ああああっ……」

瞳が喘ぎを長く伸ばした。

「気持ちいいだろ？　いいんだぞ、気持ちよくなって」

「はい……でも、わたしも……」

瞳は右手を伸ばして、唾液にまみれた肉棹を握り、ゆるゆるとしごく。

「ありがとう、気持ちいいよ。すごく」

竜星は湧きあがる愉悦に酔いしれながらも、顔を持ちあげて、女の急所を丹念にかわいがる。

色素沈着の少ない、清新な女性器だった。こぶりだが肉厚だった。その外側に舌を走らせ、鶏頭(けいとう)の花
陰唇は唇と同じで、

のように波打つ肉びらの縁も舐める。

そのたびに、ビクッ、ビクッとして、

「ん、んっ……」

と、瞳はくぐもった女の声を洩らした。

コーラルピンクの赤みを増した花園は、大量の蜜液があふれて一面がぬらつき、塗りつけられる唾液も混ざっていっそうとろとろに蕩けてきた。

笹舟形の下端でふくらんでいる小さな突起が、宝石のように赤珊瑚《さんご》色にぬめ光っている。

指を添えて包皮を剝くと、赤い生身がぬっとあらわれた。

小さな生き物のような突起を下からなぞりあげ、横に弾く。頰張って、なかで舌を走らせる。

「あっ……あっ……ぁああ、くぅぅぅ」

瞳は肉棹をしごくこともできなくなって、ただただ背中をのけぞらせて喘ぐ。

細かい波が尻から太腿へと走り抜けていく。

「きみが欲しくなった。入れていいかい？」

唇を陰部に接したまま訊くと、瞳が消え入りそうに答えた。

服を脱いで、生まれたままの姿になった瞳を、ベッドに仰向けにさせた。

膝をすくいあげ、濡れそぼった女の渓谷に屹立を押しあてて、慎重に腰を進めていく。

4

口と同様にそこもこぶりで、とば口も狭かった。窮屈な肉路の締めつけを感じながら、押し広げていく。

「ぅあっ……！」

瞳がつらそうに眉根を寄せて、顎をせりあげた。

両膝を持ちあげて、今度はぐっと奥まで突き入れると、

「ぁあああ……」

瞳はＯの字にひろがった唇をわななかせ、何かにすがりついていないといられないといった様子で、シーツを鷲づかみにした。

内部の肉襞が、異物を押し出そうとでもするようにうごめいている。

竜星は膝裏に手を添え、上体を立ててかるく抜き差しする。

つらいのか、瞳は奥歯を食いしばって、「うっ、くぅ」と声を洩らす。

それでも、浅瀬を中心に慎重に往復させるうちに、なかのすべりがよくなり、緊張が解けて、肉襞がまったりとまとわりつくような感触に変わった。

「ぁあぁ、吉崎さん……」

瞳が両手を差し出してくる。

一体感が欲しいのだろう。前に屈み、右手を肩からまわし込んで、女体を抱きしめてやる。

と、これを求めていたのか、瞳も腕を肩にまわして、ぎゅっと力を込める。

「大丈夫だったろ？」

「はい……わたし、これまであまり感じたことがなくて……」

「そうか。もっと感じるようになるさ。感じすぎて困るようになるよ」

「そうでしょうか？」

「ああ……」

竜星はさらさらしたボブヘアの乱れた前髪をかきあげて、額にキスをする。

ちゅっ、ちゅっと唇を鼻から唇へとおろしていき、唇を重ねた。

「んんんっ……」

瞳は眉根を寄せていたが、やがて、口を開いて竜星の舌を受け入れ、一心不乱に舌をからめてくる。

まだ性の悦びをあまり知らなかった女を、感じさせている。蕾を開かせつつある——。

これも男の歓びなんだな。

竜星はディープキスをしながら腰を動かした。

熱い坩堝を硬直が行き来して粘膜を擦りあげると、瞳はくぐもった女の声を洩らして、背中を抱きしめてくる。

竜星は唇を離して、乳房を揉みしだいた。

やはり、かなり大きい。片手ではとても覆いきれない巨乳は揉んでも揉んでも底が感じられず、手のひらの下で形を変えながら柔らかくまとわりついてくる。

たわわなわりには、乳暈は狭く、乳首も小粒だ。

それでも、突起を舐め、口に含むと、それは雨後の筍のごとく伸びてきて、いっそう硬くしこってくる。

舌を横揺れさせて弾く。乳暈ごと頬張って、ちゅるっと吐き出すと、

「あんっ……！」

分身を包み込んだ膣肉もビクッと収縮して、肉棹を締めつけてきた。

もう片方の乳首も舐めしゃぶるうちに、突起は同じように硬くしこってきて、左右の乳首を同時に指でこねまわすと、

「あっ……あっ……くっ……」

瞳は右手の指を嚙んで、喘ぎを押し殺す。

「感じるんだね？」

「はい……初めて、こんな感じは」

「恥ずかしがらなくていいんだ」

腕立て伏せの形で強めに打ち込むと、巨乳も根元のほうからぶるん、ぶるんと揺れて、

「あっ……あっ……」

瞳は、竜星の腕を握って顔をのけぞらせる。

それから瞳は持ちあがっていた足を竜星の下に潜り込ませ、ほぼ真っ直ぐに伸ばした。

「この体位のほうが感じるんだね？」

唇を離して訊くと、瞳は目でうなずく。

竜星は真っ直ぐに伸びた左右の足を両側から自分の足で挟みつけるようにして

打ち込んだ。

深くは入らないが、窮屈さが増して、竜星も高まる。まだ経験の浅い女は、奥を突かれるより、感じるのだろう。

腕を立て、のけぞりながらえぐり込むように腰をつかうと、

「あっ……ぁあんん、気持ちいい。これ、気持ちいい」

瞳は、竜星の腕をぎゅっと握った。

「いいんだぞ、もっと気持ちよくなって……そうら」

ほぼ合わさった太腿の狭間に屹立をぐいぐいめり込ませた。二人の恥骨が重なり、おそらく、クリトリスも擦れているのだろう、

「ぁああ、ぁああ……いい。いいよ……あっ、あっ、あっ……」

瞳は両手を赤子が寝ているときのようにハの字にして、顔をのけぞらせながら左右に振る。

体奥から湧きあがってくる快美感にとまどい、どうしていいのかわからないといった逼迫した様子が、竜星も昂らせた。

「ああ、へんなの。瞳、へんなの……どうしよう、どうしたらいいの？」

「身を任せればいいさ。我を忘れていいんだ」

連続して浅瀬を擦りあげると、瞳はますます乱れて、

「ぁああ、ぁああ、あああ……」

喉の奥がのぞくほど口を開き、顎をせりあげ、両手でシーツを持ちあがるほどに握りしめる。

このままイカせたい——。

その一心で速いストロークをつづけるうちに、瞳はさしせまってきたのか、両手をバラバラに動かし、首を振り、身をよじった。

止めとばかりにずりゅっと奥まで打ち込んだとき、

「……くっ！」

瞳は低いが凄艶な声をこぼし、悩ましい喉の曲線をさらした。

気を遣ったのだろうか。竜星がじっとしていると、ヒクッ、ヒクッと肉路が痙攣して、肉棹を締めつけてくる。

竜星は射精していない。

だが、この際そんなことは二の次だった。

瞳がおそらく初めてのオルガスムスに至っただろうことが、男のプライドを満たしてくれる。

射精することよりも、たぶん、女をイカせることのほうが、悦びが大きいのだという気がする。

瞳の絶頂が過ぎ去ったのを見届けて、肉棹を抜き、すぐ隣に横になった。

ペンションの白い天井を眺めていると、瞳が身を寄せてきた。

竜星は腕枕をして、

「イッたんだね?」

確認すると、瞳は恥ずかしそうにうなずいて、竜星の胸に顔を埋めてくる。

竜星は、湿り気を帯びた黒髪を慈しむように撫で、そして、その肩をぎゅっと抱きしめた。

第六章　波打つ乳房

1

結局、千鶴は翌朝になってもペンションに帰ってこず、竜星は瞳に愛着を覚えながらも、後ろ髪を引かれる思いでペンションを出た。

瞳は竜星の今後を心配して、東京に戻って、職をさがしたらどうかとか、この先も連絡を取りたいからと、ケータイの番号を訊いてきたりした。

気持ちはありがたかった。だが、瞳はいいところのお嬢様らしく、竜星がつきあってもおそらく邪魔になるだけであり、また、今の竜星と瞳ではまったく釣り合わないことはわかっていた。

だから、未練を断ち切って、別れを告げた。

昼間は、浅間山の噴火の際の溶岩が固まってできたという鬼押出しまで、凍結した道路に手こずりながらバイクを走らせた。

黒い奇岩を見ながら、今後のことを思った。

どう考えても、しばらくはこのヤドカリ生活をつづけるしかない。

二度とも別荘の持ち主がやってきた。だが、冷静になると、だからこそ次は大丈夫だという気がする。確率的に三回とも、人が訪ねてくるなどあり得ない。

こうやって積極的な気持ちになれるのも、おそらく、瞳のおかげだ。彼女が勇気をくれたのだ。

鬼押出しを出て、軽井沢の別荘地に戻り、新たな宿を求めて、バイクで今度は南軽井沢周辺を流した。

だが、昨夜のようなことがあっただけに、仮の宿を決めるのに躊躇があった。

三十分ほど走ったとき、鬱蒼とした林に囲まれたログハウスが視野をかすめた。

安全性以上に、ログハウスに滞在してみたいという憧憬の気持ちが強かった。

だが、さすがにもう失敗はできない。

近づいていって、目立たないところにホンダを停めた。

建物の周囲をまわって念入りに点検する。駐車場に車はないし、人の気配もない。防犯システムは設置されていないようだ。

玄関には「柏田《かしわだ》」という木のネームプレートがかかっていた。

ひとまず室内に入って、安全かどうかを確かめればいい。

竜星は開錠セットで、玄関の鍵を操作する。少し手こずったが、何とか開けて、なかに入る。

室内に足を踏み入れた途端に、無垢材特有の木の香りが鼻を衝いた。

配電盤をオンにして、電気のスイッチを入れると、目の前に広々としたリビングがひろがった。

タッパのある平屋で、抜き抜け風の居間は、天井が剝き出しになっていて、太い丸太が井桁に走っていた。

おそらくパイン材だろうテーブルが無垢材の光沢を放ち、暖炉の形をした大きなストーブがコーナーに設置してある。反対側のコーナーにはゴルフバッグが立てかけてあった。

暖炉の上に置かれた写真額には、顎髭を生やした人の良さそうな中年男性とまだ幼稚園児ほどの小さな女の子と、若い美人の母に抱かれた赤ちゃんが映っていた。

絵に描いたような、幸せそうな家族を微笑ましく思うと同時に、嫉妬を覚えた。

そして、壁にかけられた軽井沢の四季を写したカレンダーには、几帳面に書き込みがしてあって、クリスマスイブから二日間と、大晦日から一月五日までのスペースに、◎が打ってあった。

予定の変更がなければ、まだ一カ月近くここにいられるはずだ。

最低限の明かりを点けて、家の様子をさぐった。

キッチンと繋がったリビングの他には、部屋は二つで、それぞれベッドが置いてあった。ひとつの部屋は主人の書斎も兼ねているらしく、本棚には外国のミステリーがびっしりと並べてある。

仕事の合間に休息を取り、ミステリーをじっくり読む——。

確かに、〝デキる男〟の息抜きとしては最高だろう。

だが、それは二十七歳にして職にあぶれている竜星には、絶対に手の届かない世界であり、贅沢だった。

(こんなに恵まれた生活を送っているのだから、俺が仮住まいさせてもらって、電気やガスを少しばかり使ってもいいじゃないか。格差の是正ってやつだ)

竜星はしばらくストーブも点けずに息を潜めていた。

深夜になって、来訪者が来ないことを確認し、暖炉型ストーブを点けた。

ガスストーブの赤い炎が暖炉の内側で燃え立つのを眺めているうちに、眠りの底にスーッと吸い込まれていった。

2

五日目の夕方、竜星は近くのコンビニで購入したコンビニ弁当を食べていた。この別荘にもインスタントやレトルトの保存食は置いてあったが、毎食では飽きてくる。

鶏のから揚げを咀嚼《そしやく》する。美味しい。

大袈裟ではなく、鳥のから揚げをこれほど美味に感じたことはない。

どうやら、今回は上手くいったようだ。この調子なら、まだしばらくはここに滞在できそうだ。

それに、木の香りのするログハウスは、住んでいて快適だった。

暖炉型ストーブの赤い炎を眺めて、肘掛椅子に座っていると、自分がとても高尚な生活を送っている気になる。成功者であると思えた。そして、明日のないこのどうしようもない状況をその間だけは忘れることができた。

だが、どうしても忘れることのできないことがあった。

矢島美枝子のことだ。

振られたのに、未練がましい——。

頭から、追い出そうとしたが、何かの拍子にふと思い出してしまう。

今、思うと、せっかく好意を寄せてくれた五十嵐瞳を突き放してしまったのも、美枝子が心に棲みついていたからだ。だから、心底、瞳を好きになれなかった。

弁当を食べ終えて、ソファに横になると、美枝子のことが脳裏によみがえってきた。

あの別荘での三日間は、人生で最高のときだった。

幾度となく身体を合わせた情事の、一回、一回が如実に思い出され、ああ、あのときはよかった、となり、そうなると、今の状態が侘《わび》しくなって、胸が締めつけられ、泣きたくなる。

この五日間、美枝子の秘部を撮影したケータイの画像を見ては、手淫していた。

あのとき、後で消すからと言ったものの、結局は残しておいた画像を至近距離で見つめて怒張をしごくと、惨めさと快感が入り混じった自虐的な昂揚感にみまわれて、すぐに射精してしまう。

今もまた下腹部が疼いてきて、ケータイの画像を見ようとしたそのとき、
ブーッ、ブーッ——。

ケータイがいきなり唸った。電話の着信である。このところ、電話がかかってきたことなどなかったから、あわててしまう。

(誰だろう?)

ドキッとしながらも表示を見ると、Mとある。Mは矢島美枝子のことだ。

(美枝子……!)

一気に緊張した。

どうしたんだろう、いまさら。俺は振られたんじゃないのか——?

「はい……吉崎ですが」

そう、応答する声が震えてしまう。

『竜星? 美枝子です』

忘れもしない、アルトの魅力的な声が鼓膜を心地好く震わせる。

『先日はゴメンなさい。連絡もしないで……あれから、主人に無理やり家に連れていかれて、どう連絡していいのかわからなくて。ほんとうに、ゴメンなさい』

もう諦めていたはずなのに、こうして謝られると、まだ可能性があるのではと思ってしまう。

『竜星が怒るのも当然です。ゴメンなさい』

「……いいですよ、もう。で、今日は?」

『家を出ました』

「えっ……?」

『主人とは別れることにしました』

息を呑んでいた。

『離婚届けに署名、捺印して、彼に署名してもらうように、置いてきました』

それであのダンナが、はい、そうですかと離婚に同意するとは到底思えない。

だが、美枝子が、彼との関係を断ち切ることを決心したことに、強烈に心を動かされた。そして、一番大切なことは、美枝子がおそらく真っ先に竜星に電話をしてくれたことだ。

ケータイから、美枝子の声がした。

『離婚を決めたとき、頭に浮かんだのは、あなただった。竜星だったの』

心が震えた。

『あんなことして、いまさらと思うでしょうね。それに、わたしたちはたったの三日間しか過ごしていない。でも、わたしが頼るのは、あなたしかいないの、竜星しかいない。あれは、宝物のような三日間だった。だから、今すぐ逢いたい。

竜星に逢いたいの、すごく……』

胸が熱くなった。自分は頼られている。

美枝子の言葉に、嘘がないのはわかる。だが、どうしても確かめておきたいことがあった。

「だけど、俺は無職で、何の取り柄もない落ちこぼれだ。そんな男を、頼っていいのか？」

『竜星、自分を卑下しないで。あなたは素晴らしい素質を持っているわ。わたしにはわかるの。ただ今は、人生の目標が見つからないだけ。わたしと一緒に見つけましょ。あなたは変われる。わたしも協力したいの。わたしだって、離婚したら、何もないのよ。何もない者同士で力を合わせれば、きっと道は開ける。わたしはそう信じているの』

美枝子の力強い言葉が、竜星を勇気づけてくれる。

自分が今、救いようのない男であることは、身に沁みてわかっている。だが、この人と一緒なら、新しい人生を切り開けるかもしれない――。

こんな気持ちになったのは、ほんとうにひさしぶりだった。

そのとき、電話の向こうでエンジン音がしたような気がして、訊いていた。

「今、どこにいるの？」

『高速のサービスエリア』

「車なんだね？」

『ええ、今、関越に乗ったところ……竜星は今、どこ？』

「……南軽井沢のある別荘に、無断で……」

『まだ、ヤドカリ生活をつづけているのね』

「ああ……」

『そうじゃないかと思っていたの……今から、そちらに行っていい？　うちの別荘は主人が追ってきそうで、怖いの』

「いいですよ。ひとまずここに来てもらって、明日から違うところに移ってもいい。今、ここは安全だから」

『わかりました。そちらに向かいます』

「じゃあ、今から住所を教えるから、ナビに打ち込んで」

竜星は、届いていた電気料金の請求書に書いてある住所を教えた。

『できたわ。そこはどんなところなの……詳しく教えて。あなたの声が聞きたいの』

「……ここはログハウスで、持ち主は四人家族らしい。暖炉型ストーブがある。ご主人が推理小説好きで、外国の……」

ケータイに向かってこちらの様子を話していると、

『うん……あっ……あっ……』

押し殺した喘ぎのようなものが聞こえてきた。

「……どうした、の？」

『……ゴメンなさい。竜星の声を聞いていたら、わたし、もう我慢できなくなって……だから……』

車でもバイクでもドライブしていると、不思議に下腹部が疼く。それはわかっている。

美枝子も竜星に逢いたいという気持ちが嵩じて、にっちもさっちも行かなくなったのだろう。性欲を抑えられなくなっている美枝子という女に、本人でもコントロールのできない、女の深い業《ごう》のようなものを感じた。

美枝子は誰もが一目を置く、優雅な美人だ。だが、激しい性欲を抱えている。正確に言えば、マゾヒズムという業を。

だから、魅力的なのだ。

その強い情動を、竜星はしっかり受け止めていかなくてはいけない。電話の向こうにいる美枝子に向かって言った。

「……今、どんな格好で何をしてる？」

『ぁあぁ、美枝子は……美枝子は……』

「美枝子は？」

『……ハ、ハンドルの横に片足をあげているわ』

「スカートを穿いてる……？」

『ええ……フレアスカート。でも、スカートがめくれて、パンストが見えてる』

「パンストの色は？」

『黒……』

「パンティの色は？」

『白……あっ、あっ……あうぅぅぅ』

「今、何をしてるか、教えて」

『ああ……パンストの上からあそこを擦っているのよ。あっ、ぁああ、いや、恥ずかしい。こんなことして、恥ずかしい……でも、止まらないの。竜星の声を聴いていると、我慢できなくなる』

ソファに座っていた竜星もケータイを耳にあてながら、ジーンズとブリーフを膝までおろした。

「俺も今、あれをしごいてる」

『そうなの？　ほんとうに？』

「ああ……チンポがカチカチだよ。美枝子に嵌めたいから。グチャグチャだろ、美枝子のオマ×コ」

意識的に下卑た言葉遣いをする。

『そうよ、そうなの、グチャグチャなの……あっ、あっ』

「下着のなかに手を入れて、じかに触って」

かすかな物音がして、

『……し、しました』

「オマ×コ、どうなってる？」

『ヌルヌルよ。恥ずかしいほどに濡れているわ……ぁあああ、ああ……ダメっ。ダメっ……ぁあああぅぅ』

「指を突っ込んだ？　そうだな、三本だ。三本で掻き混ぜて」

『……はうぅ！　んっ、んっ……』

「どんな感じ？」

『ぁああ、恥ずかしい……グチャグチャよ、なかはグチャグチャ……』

「あさましい女だな。男に逢いにくる途中で我慢できなくなって、オマ×コをいじってる」

『言わないで……やん、あっ……あっ……』

「音を聞かせろ。あそこにケータイを近づけろ」

命令口調で言うと、しばらくして、泥水を撥ねるようなピチャ、ピチャという音がはっきりと耳に飛び込んできた。

駐車したアウディの車内で片足をあげ、秘部に指を挿入しつつ、ケータイで音を拾っている美枝子の姿を想像しながら、竜星も勃起をしごいた。

やがて、粘着音が遠ざかり、激しい息づかいに変わった。

「美枝子は乳首が感じるよな？　上には何を着ている？」

『セーターよ。薄手の』

「めくりあげて、胸を揉め」

『……ぁああ、やってるわ。ねえ、見つかりそう。人に見られる』

「それがいいんじゃないか……オッパイを剝き出しにして、乳首をいじれ」

『いやよ、できない』

「できなきゃ、逢えないいな」

布が擦れる音が、激しい呼吸音に変わった。

ハァ、ハァ、ハァ――。

「やったか？」

『ええ……見えてるわ。きっと、外からも見えてる』

「乳首をいじれ」

『……ぁあああ、ぁあああ……あっ、あっ、あっ……』

「乳首はどうなってる？」

『ぁああ、カチンカチンだわ……。恥ずかしいほどしこってる』

「オマ×コを指でピストンして、乳首をいじれ」

『ぁあぁぁ、あああ……へんになる』

竜星は、仄白い乳房を丸出しにして、乳首をくじり、股をひろげて指を打ち込んでいる美枝子の姿を想像する。

見えない分、聴覚が研ぎ澄まされて、淫らな息づかいや喘ぎをつぶさに感じ取れる。

『ぁああ、ああ……ちょうだい。竜星をちょうだい』

「よし、くれてやる。カチカチのチンポを嵌めてやる。イクぞ、嵌めるぞ」

『はい、ちょうだい。今よ、ちょうだい！』

「そうら……嵌まった！」

『はうぅぅ……くっ！　ああ、感じる。竜星が突いてくる。大きいわ、硬いわ』

「そうら、そらそら……」

竜星は実際に挿入しているように、腰をがくがくと突きあげる。

指が亀頭冠のいい箇所にあたり、急激に高まった。

『あんっ、あんっ、あんっ……イク。イクわ……』

「イケよ。俺も出すぞ。美枝子のなかに出すぞ」

『来る、来るの……やぁああぁぁぁぁぁぁぁぁ、はうっ！』

美枝子がケータイの向こうで昇りつめるのを感じた直後に、竜星も射精していた。

飛び散るものを、とっさにティッシュで受け止める。

ハァ、ハァ、ハァ――。

ケータイの向こう側で息を弾ませる美枝子を感じながら、竜星もいまだ覚めやらぬ背徳の夢のなかにいた。

3

電話から二時間ほど経過した頃だろうか、ドアチャイムが鳴り、画像モニター付きインターフォンに、美枝子の姿が映し出された。

「今、出ます」

急いでドアを開けると、カシミアのコートをはおった美枝子が立っていた。

寒空のなかで身を縮めて、捨てられた猫みたいに頼りなげに立っている美枝子を見た途端に、体の底から熱いものが込みあげてきて、あらためて自分はこの人を好きなのだと思った。

招き入れ、靴を脱いであがってきた美枝子を、背後から抱きしめた。

黒髪からふうわりと立ちのぼる芳香を感じながら、

「ありがとう、来てくれて。振られたかと思ってた」

言うと、美枝子は向き直り、

「竜星……」

背伸びするようにして竜星の顔を両手で挟み付け、唇を寄せてきた。

竜星も唇を合わせて、コートに包まれた肢体を抱きしめる。

唇を吸い、舌をからませていると、体があの陶酔感を思い出した。そして、逢えなかった空白の時間が一気に埋まっていく。

唇を離すと、二人の間に唾液の糸が架かって、それを恥ずかしそうに美枝子が手で切った。

それから、コートを脱ぎ捨て、竜星を丸太が剝き出しの壁に押しつけた。

白いセーター姿がすっと沈み、ジーンズの股間に顔を擦りつけてくる。愛おしそうに頬擦りし、見あげ、

「……あなたのここが好き」

そう言って、ジーンズをブリーフとともに膝までおろした。いきりたっているものを握り、顔を寄せて、

「まだ精液の匂いがする。ほんとうに出してくれたのね？」

見あげたまま、口角を吊りあげた。

「ああ、もちろん。俺も美枝子の声を聞いて、発情してた」

美枝子ははにかんでうつむき、亀頭部にかるく接吻する。それから、唇をひろ

げて亀頭冠を頬張り、一気に奥まですべらせた。

切っ先が喉まで届いているその感触を味わうように、じっとしている。

ややあって、ゆっくりと唇を往復させる。

(ああ、これだった……このサクランボみたいな感触……)

身体的なものだけではない。美枝子のようないい女に咥えてもらっているというだけで、満ち足りた気持ちになる。

美枝子は両膝をつき、ゆるやかに唇をすべらせながら、両手で腰や太腿を撫でてくる。

冷たい手のひらが徐々に温かくなってきて、剝き出しの尻たぶを這いまわる。

そして、口のストロークにも徐々に情感がこもってきた。

「んっ、んっ、んっ……」

と、つづけざまに亀頭冠の窪みを小刻みにしごかれると、もうこらえきれなくなった。

「……ベッドに行こう」

美枝子ははにかむように立ちあがった。

竜星はリビングのソファの背もたれを倒して、ベッドの形にする。数メートル先では暖炉型ストーブが赤い炎を立て、部屋は暖かい。

その間に、美枝子は衣服を脱いで、黒いスリップ姿になった。

竜星もブリーフ姿になり、美枝子をそっとソファベッドに寝かせた。上から見つめると、美枝子が言った。

「竜星……一緒に逃げて」

「ああ、俺もそうしたい」

「……でも、大変よ。その覚悟がある？」

答えは出ている。竜星はきっぱりと言った。

「ある」

美枝子が下から手を伸ばして、ぎゅっと抱きしめてくる。

「うれしい。こんなわたしを受け止めてくれて、ありがとう……お金はあるのよ。持ち出してきたから……しばらく、どこか人目のつかないところで、一緒に暮らしたいわ」

「俺もそうしたい……美枝子が好きだ」

「竜星……」

唇を合わせて、竜星はキスをおろしていく。ほっそりした首すじに唇をすべら

せると、

「あっ……ううん……」

美枝子は自ら両手をあげて、右手の指を嚙んだ。

黒いシルクタッチのスリップがまとわりつく胸のふくらみはノーブラなのか、丸みの頂にぽっちりとした突起がせりだしていた。

二本の肩紐が肩にかかり、両手を頭上で繫いでいるので、腋の下があらわになっている。

その、すべてをさらして男に身をゆだねる姿が、竜星に犬に縛られて、最後は激しく昇りつめた美枝子を思い出させた。

「縛られたいんだろ？」

「えっ……？」

「大丈夫。ひどいことはしない。あなたを傷つけることはしない。少しだけ縛らせてほしい」

思い切って打ち明けると、美枝子は竜星の気持ちをさぐるように目のなかを覗き込んでいたが、やがて、小さく顎を引いた。

天井裏から覗き見た美枝子と夫の過激な営みが、脳裏に焼きついて離れなかった。こうするしかなかった。

竜星はベッドを離れ、脱ぎ捨ててあったジーンズの革ベルトを抜き取った。美枝子の両手を前に出させ、手首を合わせ、太い革ベルトでぐるぐる巻きにして、穴にバックルのピンを入れて留めた。きつめに締めたので、これで両手は取れないはずだ。

と、美枝子の表情が変わった。

困ったような顔で、しかし、瞳の奥は密やかな陶酔をたたえて、そのことを悟られたくないといった様子で目を伏せる。

竜星はひとつにくくられた手を頭上に押しあげ、あらわになった腋窩に顔を寄せた。仄かに甘酸っぱい匂いを感じながら、わずかに青っぽく変色した窪みにキスをした。

舌先をちろちろと躍らせると、美枝子は「あっ、あっ、あっ」と喘ぎ、上体をよじる。

もともと敏感な身体が、縛られたことでいっそう感受性が増したように感じた。

腋の下から二の腕の内側にかけて、ツーッと舐めあげていく。肘から、舌をおろし、悩ましい二の腕のたるみに舌を押しつけていくと、

「ぁあぁ、ぁあぁ……竜星、竜星……」

美枝子はのけぞりながら、名前を呼ぶ。

腋窩とスリップの間にのぞいた肌を舐めると、

「はん……！」

美枝子はビクッとして、身をよじる。

打てば響く反応に、ますます美枝子が愛しくなる。

胸のふくらみをつかみ、スリップ越しに頂を舐めた。唾液を吸って、黒いシルクが貼りつき、乳首の形が透け出てくる。

もう片方の突起も舐め、スリップ越しにもう一方の乳首も指腹で転がす。

「ぁあぁ、ぁあぁ……竜星、わたしへんよ、へんになってる……あっ、あっ」

両手を頭上にあげた姿勢で、美枝子は上体をのけぞらせて喘いだ。

(どうだ、見たか！)

竜星は、矢島直行に向かって、心のなかで吼えた。

それから、スリップのなかに手を入れて、白いパンティを脱がせ、足を持ちあげてでんぐり返しの途中の格好にする。

そうだ、これは直行がやっていた体位だと思い出した。

（クソッ……まあ、いい。あいつ以上に感じさせればいいんだから）

持ちあがって上を向いた女のとば口に、丁寧に舌を這わせた。

美枝子のそこはすでに赤い花を咲かせていて、芯の部分は潤沢な蜜にあふれていた。その蜜を舐めとるように舌を走らせ、肉びらをまとめて頬張った。

くちゅくちゅと揉みほぐすと、

「ぁああ、ぁあぁぁ……いい、いい……竜星が欲しくなる」

美枝子が訴えてくる。

「もう、入れてほしいのか？」

「……ええ。竜星を身体の奥で感じたい」

「じゃあ、ここに這って」

美枝子の腰を離し、ソファベッドに這わせて、自分は降りて床に立つ。いきりたつものを握って、美枝子に示した。

「こっちに来い。後ろ向きで這ってくるんだ」

いったん振り返って竜星の位置を確認した美枝子が、おずおずと後ろ向きに近づいてくる。両手をひとつにくくられているから、動きはぎこちない。

肘をつき、あらわになった尻をもこもこ揺らして、緩慢な動作で這ってくる。

暖炉の燃え立つ炎がゆらゆらと揺らめきながら、尻を照らし出していた。

仄白い尻たぶに映じた赤い炎を見ながら、ギンと勃起した肉の杵を尻たぶの底に押しあてた。

「自分で入れて」

美枝子は一瞬困ったように身体をこわばらせたが、すぐに腰を振った。

尻たぶの底の亀裂はどろどろに蕩けていた。そこに切っ先を擦りつける形で、尻を上下に振る。

ぬるっ、ぬるっと亀頭部が泥濘ですべる。

それから、慎重に腰を突き出してくる。と、切っ先が濡れ溝を割って、ぬるりとすべり込み、

「くっ……！」

美枝子は低い声で唸りながら、全身を後ろにずらす。肉棹がほぼ嵌まり込み、

「ぁあああぁ……！」

黒いシルクの張りついた背中を反らし、美枝子はシーツを鷲づかみにした。

温かい女の蜜壷に包まれる快感に酔いながら、心を鬼にしてさらに命じた。

「自分で腰を振って」

「はい……」

その従順な返事が、竜星をかきたててくる。

美枝子が全身を前後に揺らした。

鋼のように硬化した分身が美枝子の体内を出入りするさまが、まともに見えた。

グチュ、グチュという音とともに、葛湯のような愛蜜があふれる。

そして、美しい人妻は羞恥を見せながらも、自ら腰を振って、男のシンボルを貪ろうとする――。

「ああ……ねえ、竜星……」

美枝子がもどかしそうに言った。

「どうした?」

「……欲しいの」

「入れてるけど」

「……動いて……」

「頼んでるのかな?」

「はい……突いて。そのカチカチで、奥を突いて」

竜星は両手で腰をつかみ寄せると、ぎりぎりまで引いておいて、肉棹を思い切

り叩き込んだ。バスッと音が爆ぜて、

「くうぅぅ……！」

美枝子が頭を撥ねあげた。

床に足を踏ん張ってたてつづけに打ち込むと、

「んっ、んっ、んっ……」

悩ましい声が噴きこぼれ、スリップがまとわりつく女体も揺れる。左右の肩紐が外れて、二の腕に落ち、ノーブラの乳房も波打っているのがわかる。

じかに触れたくなり、スリップを裾からまくりあげ、乳房をつかみ、やわやわと揉みしだく。

さらに、尖りきっている乳首をこねると、美枝子は哀切な声をあげながら、もどかしそうに腰を前後に振って、律動をせがんでくる。

「突いてほしいんだね？」

「はい……奥まで」

竜星は上体を起こし、腰をつかみ寄せて、ぐいぐい腰をつかった。

突き出されているヒップの丸みを見たとき、ふいに欲望がせりあがってきた。

右手を振りあげて、かるく尻たぶを叩いた。乾いた音がして、

「くっ……！」

美枝子が頭を撥ねあげた。

「こうすると、感じるんだろ？」

つづけざまにスパンキングした。ピチャ、ピチャと滑稽な音が立ち、美枝子は打擲されるたびに「うっ、あっ」と総身を震わせる。

うっすらと薔薇色に染まってきた尻たぶを、やさしく撫でまわした。

「ぁああ、いい……溶けていく……」

「熱くなってる。叩いたところが火照ってる」

竜星は愛情を込めて、尻たぶをさすりまわす。

ふたたびスパンキングして、その震えがおさまった頃に、また撫でる。

仄白い肌から浮きでた濃淡を持つ薔薇の花のような赤みを、竜星は愛おしく感じる。接吻したくなる。

そして、前のほうで手をひとつにくくられた美枝子は両肘をついて身体を支え、尻をさらして、竜星に身を任せている。

4

竜星はいったん結合を外し、床にしゃがんで、尻たぶを舐めた。打たれた部分の紅潮した皮膚は微熱を帯びて、ざらざらし、他の部分は汗ばんでいた。

丁寧に舌を這わせる。動物が傷を舐めて治すように慈しみを込めて舐める。

「ぁああ、あああ……」

美枝子は陶酔したような声をあげて、尻を揺らめかせる。

尻たぶの底では、展翅された蝶のように陰唇がひろがり、コーラルピンクのぬめりが妖しい光沢を放っていた。

尻の谷間にツーッと舌を走らせ、セピア色の窄まりを舌でうがち、それから、陰花にしゃぶりついた。

「あっ……!」

美枝子が声をあげる。肉びらをしゃぶっているうちに、竜星はまた繋がりたくなった。

肩紐を千切って、黒いスリップを脱がし、自分はベッドにあがり、仰向けに寝た。

裸の美枝子が背中を向けてまたがってきた。今度は、後ろ向きの騎乗位で、肉棹を導き入れた。

しゃくりあげるようにして腰をつかい、それから、前に倒れた。

ベルトでひとつにくくられた手を足指に伸ばし、さらに顔を寄せて、足の甲から指へとツーッと舌を走らせる。

背伸びするように親指を頬張り、舐めしゃぶる。

信じられなかった。

こんなことをされたのも初めてだし、できるとは思っていなかった。

離婚を決意した人妻の、もう竜星しかいないという気持ちが、献身的な行為をさせているのだろう。

竜星もその気持ちを受け止めなければ、と心が熱くなった。

美枝子は親指を吐き出し、指の股にちろちろと舌先を走らせる。そうしながら微妙に身体を揺らすので、剝き出しの乳房が膝のあたりに押しつけられて、豊かな弾力を感じる。

そして、美枝子の体内におさまった分身も、内部のうごめきを感じる。

「俺、ずっとあなたを護るよ」

気持ちを吐露していた。

と、美枝子は一瞬動きを止め、それから、うれしいとばかりに、いっそう情熱的に足指をしゃぶってくる。

十本の足指を丹念に舐めて、顔をあげた。

それから、ゆっくりと時計回りにまわって、いったん横を向き、ふたたび四十五度まわって正面を向いた。

「竜星……あなたを頼りにするわよ。大変よ、いいの？」

「ああ。あなたのためなら、何でもする」

これから二人を待ち構えているだろう苦難を思いながらも、竜星は言い切る。

と、美枝子が上体を前に倒して、折り重なってきた。

二人は唇を合わせて、互いの舌を貪りあった。

舌をからませながら、竜星は背中と尻に手を置いて、腰を撥ねあげてやる。

いきりたつ硬直が斜め上に向かって、膣肉を突きあげて、

「んっ……んっ……ぁあああぁぁぁ」

美枝子はキスしていられなくなったのか、唇を離して、切なげに喘ぐ。

竜星は動きやすいように両膝を曲げて、ぐいぐいと腰をせりあげた。

熱い坩堝を鉄槌と化した肉茎がうがち、蕩けた肉路を擦りあげる悦びが下腹部に溜まってくる。

そして、美枝子はひとつにくくられた手を合掌《がっしょう》するように胸前で組んで、

「あん、あんっ、あんっ……」

と、甲高い声をあげる。

美枝子の手首に巻かれたベルトの硬さを胸板に感じる。身を任せている美枝子のすべてを感じる。

上になりたくなって、竜星は繋がったまま体を回転させて、美枝子を下にした。

上体を立てて、美枝子の膝を押しあげ、腰をつかった。

「好きなんだろ、この体位が？　すぐに、イッちゃうんだよな？」

「はい、好きなの、これが……ぁああ、もう……来るの、来る……来ちゃう！」

美枝子はくくられた両手を頭上に放りあげるようにして、身をよじっていたが、

「竜星、来て！」

潤みきった瞳を向けて、求めてくる。

竜星は覆いかぶさっていき、キスをする。

それから、両腕をソファベッドに押さえつけて、腰を叩きつけた。上から見おろしながら、えぐり込むと、

「ぁああ、ぁあぁぁ……竜星、離れないでね。何があっても離さないでね」

腋をさらした姿勢で、美枝子が見あげてくる。

「ああ、誓うよ。美枝子を離さない」

両手を押さえ込みながら、いきりたちを叩き込んだ。

坩堝と化した肉路がうごめきながら、入り口と途中を締めつけてくる。そこに肉棹を抜き差しすると、下腹部がふくれあがるような圧倒的な快美感が押し寄せてきた。

「ぁあぁぁ、竜星、イク。イッちゃう……」

美枝子が表情が見えないほど顔をのけぞらせた。

「俺も、俺もイク……美枝子さん、美枝子！」

がむしゃらに腰を叩きつけた。粘膜がぐぐっとふくらみ、分身を締めつけてくる。

（俺はこの人と……！）

射精覚悟で連続してえぐり込むと、

「ぁあぁぁ、来る、来るわ……やぁあぁぁぁぁぁぁぁぁぁぁぁ、はうっ！」

美枝子はぐっと身を反らせ、がくん、がくんと躍りあがった。

「うおおぉぉ……！」

竜星も吼えながら射精していた。

身も心も焼かれるような凄絶な射精感が背筋を貫き、迸るたびにがくっ、がくっと体が勝手に痙攣する。

二時間前に出したのに、信じられないような量の男液が噴出し、それが、美枝子の体内に吸収されていくことに無上の悦びを感じた。

出し尽くしたときは、自分が脱け殻になったようだった。

肉茎を抜いて、すぐ隣にごろんと横になる。

あっ、そうか、と思い出し、美枝子を横臥させて、手首に食い込んでいたベルトを外した。

手首にはベルトの縁が食い込んだ跡が赤くついていて、竜星は手首をさすって血行を良くしてやる。

それから、腕枕すると、美枝子はこちらを向いてぴたりと身を寄せてきた。

5

竜星が乱れた黒髪を撫でていると、いきなり玄関の扉が開いた。

ハッとして見ると、背広姿の矢島直行が土足でずかずかと近づいてきた。

なぜ、ここがわかったんだろうというとまどいと、絶対に見られてはいけないところを見られたという絶望感が、同時に這いあがってくる。

とっさに起きあがって、美枝子を護るために、前に立っていた。

二人の姿を見て、何が行なわれているかを理解したのだろう。直行の目には憤怒の光が宿っていた。

鬼のような形相で至近距離まで近づいてきた。あっと思ったときは腹部に、直行の硬い右拳がめり込んでいた。

胃が爆発したかと思った。

地獄の苦しみだった。

どうすることもできずに前のめりになった竜星を、直行はベッドから引きずりおろした。

腹を押さえてへたり込んだ竜星を、容赦なく蹴ってくる。

サッカーボールを蹴るように足が振られ、重い衝撃が脇腹に食い込んだ。何度も何度も革靴で蹴られて肋骨が折れたのだろう、疝痛《せんつう》が走り、息ができなくなって、竜星はただゼイゼイと喘ぐことしかできなくなった。

経営コンサルタントの会社社長が、まさか、こんな暴力は振るわないだろう、とどこかで甘い考えを持っていた。

矢島直行がサディストであることを忘れていた。

「情けない男だな。反撃もできないで、されるがままか……折れた肋骨が肺に刺さると死ぬぞ。そのまま大人しくしていろ」

直行は口尻を吊りあげて言い、ソファベッドで横座りし、乳房を隠して怯えている自分の妻を、上から下まで値踏みするように見た。

「やったんだな。こいつと」

美枝子は押し黙っている。

「それが何なのよ。あなただって、他の女としてるじゃない!」

美枝子が顔をあげて、きりきりと直行をにらみつけた。

「お前な……。男が何人もの女とやるってのは、生物学的に言って、当たり前なんだよ。種をばら蒔いて優秀な子孫を残すのが、選ばれた男の使命だろうが」

「あなたみたいな男が子孫を残すのは、この世のためにならないわ」

「何……？」

直行が、美枝子の髪を鷲づかみにした。

「子供も産めないくせに、一人前のことを言うんじゃない」

言われて、美枝子が目を伏せた。

（そうか、そうだったのか……）

「何度も言ってるだろう。お前は俺から逃げられない」

「……どうして、ここがわかったの？」

「お前の車には、ＧＰＳの発信機がついてるんだよ。それを受信すれば、どこにいてもまるわかりだ。知らなかっただろう？」

「卑怯だわ。わたしの車にそんなものを……」

「卑怯な手を使わせたのは、お前だろう。自分のことは棚にあげて、相手を批判する。女の典型だな……で、俺はお前の質問に答えた。次は俺の質問に答える番だ。こいつは何者だ？　いつからできてる？」

美枝子はちらりと竜星を見て、

「そんなこと言う必要ないわ」

気丈に直行をにらみつけた。

「何……？」

直行の右手が一閃して、美枝子が頬を押さえながら、横に倒れた。

ソファベッドに仰向けになった美枝子に、直行が馬乗りになった。

（やめろ！）

何とかして美枝子を救い出さなければ――。だが、体の底が抜けたようで、ほんのわずかしか動けない。少し体をずらしただけで、刺すようないやな痛みが走る。

直行はそんな竜星を横目に見て、せせら笑い、また詰問した。

「あのバカは誰なんだ？」

「……ついさっき、ここで知り合ったの。彼はここの持ち主……わたしが誘ったのよ。だから、彼は何も知らない」

竜星には、美枝子が自分を彼から護るために、嘘をついているのがわかった。

「行きずりの男を咥え込んだってか……お前がそういうことができる女だとは思えない。この前、キスマークをつけられた男だろう？」

「違うわ。行きずりの男よ……キスマークの男なんて、もう忘れたわ」

「まだ、嘘をつくか……マゾのくせに、こういうことには強情だな、相変わらず……まあ、いい。これでお前は、俺の不倫を理由に、離婚はできなくなったわけだ。自分だって、こんな若造と不倫してるんだからな」

直行はまたがったまま下半身に手を伸ばして、美枝子の下腹部をさぐった。

「ケッ、ぬるぬるじゃないか……」

指の匂いを嗅いで、その怒りをぶつけるように、また、美枝子の頬を張った。

それから、立ちあがってズボンとブリーフをおろし、美枝子の髪をつかんで上体を引きあげた。いきりたつものを美枝子の口許に押しつけて、

「しゃぶれよ。嚙むなよ。嚙んだら、あの男を縛りあげて、山中に放置する。この寒空に一晩中放置したらどうなるか、わかるな？」

脅しているのだ。

竜星が行きずりの男などではなく、美枝子にとって大切な男であることを見抜いて、竜星を人質に美枝子を従わせようとしているのだ。

（脅しに屈してはいけない。俺のことはいいから、言いなりにはならないでくれ……）

喉元まで出かかったが、それを口にしたら、二人の深い関係を認めてしまうこ

とになる。

竜星は、ぐっと言葉を呑み込んだ。

「しゃぶれよ、オラッ！」

美枝子は直行を見あげて、悔しそうに唇を嚙みしめていた。

それから、夫の勃起におずおずと顔を寄せ、形のいい唇をひろげて、亀頭冠を頰張った。

そのままじっとしているのに焦れたように、直行が腰を振りはじめた。

髪をつかんで顔を固定し、血管の浮き出たいかめしい肉棹をぐいぐいと押し込み、つらそうに顔を歪める美枝子を冷静に観察している。

（やめろ、やめてくれ！）

心が悲鳴をあげた。

屈辱感と、今の状態をどうしようもできない自分の無力さがないまぜになって、襲いかかってくる。

見たくはなかった。だが、どうしても、視線が引き寄せられてしまう。

直行は後頭部をつかみ寄せながら、反るようにしていきりたちを奥まで押し込んだ。

おぞましいほどのイチモツが姿を消し、密生した陰毛が美枝子の顔面を穢している。

「ぐふっ……ぐふっ……」

顔をゆがめて苦しげに噎せる美枝子──。

美枝子は、自分のために甘んじて辱めを受けているのだ。さっき、護ると誓ったばかりではないか。

止めなければ、なんとしてでも、止めなければ──。

無力感に打ちのめされている場合ではない。

必死に立ちあがろうとした。

だが、まったく体に力が入らない。腕も足も自分のものではないようだ。途中で崩れ落ちて、床に這いつくばっていた。

「言っただろう。折れた肋骨が肺に刺さって、死ぬって」

嘲るように言って、直行はまた、美枝子の口腔に勃起を深々と打ち込んだ。

「ごふっ、こふっ……ぐぐっ」

泣き出さんばかりに顔をゆがめる美枝子を、直行は押し倒した。ソファベッドに置いてあったベルトに目を留め、

「何だ、これは？」

しげしげと革ベルトを見た。それから、美枝子の手を握って、手首に残っていた縛られた跡を見つけたのだろう。

「これで、くくられていたのか？　そうなんだな？」

美枝子はそっぽを向いて答えない。

直行の表情が一段と険しくなったのがわかった。

「丸くなって、ケツを突き出せ……やれよ！」

ガンと蹴られて、美枝子は緩慢な動作でソファベッドに這い、おずおずと尻を後ろに出した。

「ほお、これは……スパンキングされた跡だな。お前ら、いったい何をしてたんだ？」

直行はちらりと竜星を見た。細い目に怒りの炎が燃え立っているのを感じて、ヤバイと思った。

次の瞬間、革ベルトがヒューッと空気を切り裂く音がして、

「うぁあっ……！」

美枝子が獣染みた声をあげた。

鞭と化した革ベルトが、尻たぶを打ち、乾いた音とともに美枝子が身をよじりながら、うつ伏せになる。

「ケツをあげろ」

直行がその腰をまた持ちあげて、剝き出しのヒップをベルトで打ち据える。

「ヒィ、ヒィ、ヒィ……」

美しい光沢を放っていた形のいい尻に、見る間に赤い条痕が走り、美枝子はもう悲鳴をあげることもできなくなって、すすり泣いている。

「もうこれからは、くだらんことはするな。わかったな？」

直行が言い聞かせる。

だが、美枝子は無言を貫いている。

「わかったか、と訊いているんだが？」

それでも、美枝子は首を縦には振らないのだ。

（美枝子、美枝子さん……！）

もうこれ以上は夫におもねらないという気持ちが伝わってきて、その気丈さに驚くとともに、こういう美枝子だからこそ自分が護らなくてはという思いがいっそう強くなった。

直行は、美枝子の両手を背中にまわし、ベルトを使って手首を合わせる形でひとつにくくった。

自分のベルトが美枝子を責める道具として使われていることに、無上の悲しさと情けなさを感じた。

それから、直行は後ろに膝をつき、臍を向いていきりたっているものを双臀の底に添えて、腰を入れた。

「くうぅぅ……！」

美枝子の低く呻く声が聞こえてきた。

直行が腰をつかいだした。

苛立ちをぶつけるように腰を叩きつける。

「うっ……うっ……」

と、美枝子は全身を揺らす。

下を向いた乳房をゆらゆらさせ、美枝子はされるがままに犬のように後ろから貫かれている。

そして、直行は時々、尻たぶをスパンキングしながら、快楽に天井を仰ぎ、気持ちよさそうに唸っていた。

自分を裏切った妻に罰を与えることで、サディストの悦びに耽っているのだ。そればかりではない。おそらく、竜星に見せつけているのだ。そして、美枝子にも身体を合わせた男の前で犯すことによって、屈辱を与えているのだ。

（くそっ、くそっ、くそっ……！）

怒りで目の前が血の色に染まった。

「そうら、気持ちよくなっていいんだぞ。こうされるが好きだろ？　どMだからな……あんたも、こんなどMを好きになるなんて、物好きなことだ」

直行が下腹部を叩きつけながら、竜星を見た。

その嘲るような目には、どこか勝ち誇ったような優越感が感じられて、それが竜星の気持ちを逆撫でしてくる。

「見ろよ。あんたの女が、今にも落ちそうだ。こういう女なんだよ。気持ちはいやでも、身体が応えてしまう。淫乱なんだよ。やさしい顔してるくせに、ビッチでどMときている。あんたも知ってるよな？　身体のほうが真実なんだよ。気持ちは移ろうが、身体は変わらない。変わらないものが真実だろ？　今だって、気持ちきっとあんたに見られて昂奮してるぞ。たまらんよ、おおう、マ×コが締まってくる」

直行の図に乗った暴言が、竜星の心に火を点けた。

こんな傲慢なバカには、絶対に屈しない——。

周囲を見渡すと、部屋のコーナーに立ててあったゴルフバッグが目に入った。

直行は妻を犯すことに夢中になっていて、もう、竜星を見向きもしない。どうせ動けないし、抗う気力もないとナメているのだ。

今しかない——。

火事場の馬鹿力と言うのだろうか、さっきまで動かなかった体が動いた。

肋骨の刺すような痛みをこらえて、物音を立てないように二メートルばかりの距離を這っていく。

「くそ、くそ！　離婚届けなんか、用意しやがって。許せんぞ。お前は絶対に許せない」

直行は、美枝子の腰をつかみ寄せて、怒りをぶつけるように下腹部を叩きつけている。

その隙に、竜星は壁に手をついて、立ちあがった。

ゴルフバッグに入っているクラブを音を立てないように慎重に抜き取った。それは、角度の浅いアイアンだった。

「そうら……締まってくるぞ。美枝子のオマ×コがきゅん、きゅん締まってくる」

「……ぁああ、やめて……あっ、あっ、あんっ……」

「いい声が出てきた。それがお前の本性だ。ここか、ここが感じるだろう？」

「くうぅぅ……やっ……やっ……あっ、あっ……」

「いいんだぞ、感じて。お前の男の前で、恥ずかしい姿をさらせ」

「……くぅう、あっ、あっ、そこ……あんっ、あんっ、あんっ……」

美枝子の抑えきれない喘ぎを耳にした途端に、股間のものが力を漲らせた。

そして、竜星の心も勃起した。

竜星はクラブをつかんだまま、近づいていく。

気配を感じたのか、ようやく直行がこちらを振り向いた。

手にしたものを見て、顔が引き攣った。

次の瞬間、竜星はクラブを横殴りに払っていた。

アイアンのヘッドが直行の顎に命中する硬い感触があり、そのまま振り抜くと、直行はノックアウトされたボクサーみたいに顔をのけぞらせ、一瞬、体をピーンと伸ばし、それから、失神したように横にどっと倒れた。

ぬめ光る肉棹を勃起させたまま、陸に打ちあげられた魚のように痙攣している。

「竜星……！」

美枝子が身をよじって、こちらを見た。

竜星はクラブを捨てて、美枝子の手首をくっているベルトを外しながら、言った。

「逃げよう。一緒に」

「体は大丈夫なの？」

「ああ、平気だ。とにかく、早く服を着て」

解き終えたベルトで、まだ昏睡している直行の腕を後手にくくった。

この先、この男はどうなるか、と考えないこともなかったが、いずれ目を覚ましたら、自力で何とかするだろう。

自業自得だ。仕方ない。

竜星も服を着る。ジーンズのベルトはないが、フィットしたものだから、ずり落ちるようなことはない。

美枝子も下着をつけ、スカートを穿き、セーターを着た。

それぞれが革ジャンとコートをはおり、美枝子がお金の入ったバッグを肩から斜め掛けしたところで、直行が目を覚ました。

自分が後手にくくられているのを知り、二人の様子を見て、今の立場がわかったのだろう。

「お前ら……！」

立ちあがろうとして、ソファベッドからぶざまに転がり落ちた。

「行こう」

竜星がリュックを背負い、美枝子とともに出ようとすると、

「おい、このまま置いていくのか。おい……冗談だろ……解けよ。ほど……」

玄関の扉を閉めると、直行の声が小さくなった。

別荘の駐車場には二台の車が置いてあった。そして、少し入った木陰に隠れるように、ホンダが停まっている。

肋骨の痛みはあるが、バイクには何とか乗れそうだった。

「寒くて申し訳ないけど、バイクで行こう。アウディにはＧＰＳがついてるんだろ」

「ええ……」

ホンダの前で、美枝子が向き直って竜星を見た。

「ありがとう」

そう言って、抱きついてくる。

ちょっと肋骨が痛んだが、それ以上に美枝子を受け止めたかった。抱きしめたかった。

しなやかな肢体を感じると、知らずしらずに漲っていた緊張感が解けていった。

「竜星、震えてるわよ」

「そうかな……」

うなずいて、美枝子が自分から唇を寄せてきた。

やさしい、愛情にあふれた接吻だった。

唇を離して、美枝子が言った。

「どこへ行こうか？　わたしは竜星についていくわよ、どこまでも」

「とにかく、東京とは反対のほうへ行こう。追手がくるといけない。今夜はとにかく走りつづけよう」

「そうしましょう。それ……わたしが……」

リュックを手渡すと、美枝子が腕を通して、背負った。

竜星はタンデムシートにくくりつけてあったオープンフェイスのヘルメットを

美枝子に渡し、自分もフルフェイスのヘルメットをかぶる。

バイクを通りまで引いていき、バイクにまたがって、タンデムに美枝子を乗せる。

「手をまわしても、痛くない？」

「ああ、大丈夫みたいだ」

ぴたっと身を寄せてくる美枝子の、乳房の弾力を感じる。

エンジンをかけて、クラッチを繋ぎ、バイクをスタートさせた。

のろのろと進み、表通りに出る信号でいったん停まり、信号が青に変わったところで左折した。

ゆるやかなカーブを凍結した路面を避けながら、慎重に運転する。

胴にまわっていた美枝子の腕に力がこもった。

「大丈夫か？　バイクなんて乗り慣れないだろう？」

「平気よ。風が気持ちいいわ」

「……日本海のほうに行こうか」

「いいわね。漁村に住んで、あなたが漁師をして、わたしはあなたが漁から帰ってくるのを待つの。大丈夫よ、内職してわたしも稼ぐから」

「いいね。そうしよう……飛ばすよ」

平坦な道路に出て、竜星はアクセルグリップをまわした。

エンジンの回転数があがり、風を切る音がヘルメット越しに聞こえ、背中には美枝子の肉体を感じる。

竜星も、もう二十七歳。

この先、そう簡単にいくとは思っていない。傷を負わせた直行がどんな手を使ってでも追いかけてくるだろうし、社長夫人でリッチな生活をしてきた美枝子がそうそう貧しい生活に耐えられるとは思えない。

だが……。

自分は美枝子を護るのだと決めたのだし、美枝子も自分についていくと言ってくれている。美枝子は社長夫人の座を捨てて、自分との逃亡生活を選んだのだ。

逃げられるところまで逃げよう――。

群青色に澄んだ夜空に浮かぶ冬の星座を眺めながら、アクセルグリップをまわした。

二人を乗せたホンダが高速道路に向かってスピードをあげていく――。

＊この作品は、書き下ろしです。また、文中に登場する団体、個人、行為などはすべて実在のものとはいっさい関係ありません。

二見文庫

人妻《ひとづま》の別荘《べっそう》

著者 霧原一輝《きりはらかずき》

発行所 株式会社 二見書房
東京都千代田区三崎町2-18-11
電話 03(3515)2311［営業］
03(3515)2313［編集］
振替 00170-4-2639

印刷 株式会社 堀内印刷所
製本 株式会社 村上製本所

落丁・乱丁本はお取り替えいたします。
定価は、カバーに表示してあります。

ISBN978－4－576－14161－9
http://www.futami.co.jp/